清·康熙敕編

御定千叟宴詩

中國書店

吏部主事臣薛淇覆校

欽定四庫全書　　　　集部

御定千叟宴詩　　　　總集類

提要

臣等謹案千叟宴詩四卷康熙六十一年奉

勅編欽惟

聖祖仁皇帝昌運膺圖

沖齡踐祚削平三孽砥屬四瀛

聖德懋其緝熙

神功昭乎啟佑用能欽崇永保無逸延年
壽考康強符溥海無疆之祝而
深仁厚澤涵育龐洪啿啿春祺桐生茂豫所謂
皇建其有極斂時五福用敷錫厥庶民者驗以箕疇
允符古義是以平格之瑞翊運者咸登淳固
之氣歆和者靡算鮐背黃髮駢聯相屬既
俯允臣民之請肇舉
萬壽盛典臚心普洽賑筵嵩呼業已恭勒鴻編昭垂

奕禩復
詔舉高年宏開嘉宴申
延洪之慶表仁壽之徵酒醴笙簧賡歌颺拜彬彬焉
郁郁焉自攝提合雒以來未有如斯之盛也
爰
命裒集詩篇通為一集首以
聖製與伊耆神人暢曠代齊光繼以羣臣和章與周
京天保諸什雅音接響其餘諸作亦與豳風

稱觥之文堯民擊壤之詠後先一軌焉伏而
讀之如華鯨奏威鳳儀鏗鏘震耀八音會而
五色彰也
化國之日舒以長
盛世之音安以樂具見於斯允宜襲琅函而貯石
渠矣乾隆五十四年四月恭校上

總纂官臣紀昀臣陸錫熊臣孫士毅
總校官臣陸費墀

御製千叟宴詩

百里山川積素妍古稀白髮會瓊筵還須尚齒勿尊爵且向長耆拜瑞年莫訝君臣同健壯願將億兆共昌延萬機惟我無休息日暮七旬未歇肩

欽定四庫全書

御製千叟宴詩

文淵閣大學士兼禮部尚書臣王掞恭和

雲際觚稜霽後妍連朝

禁殿啓長筵春王歷轉初周紀

聖主恩隆首引年玉座備聆

天語切金甌常共頌聲延勉將蒲柳酬

高厚湛露光榮少比肩

武英殿大學士兼工部尚書臣王頊齡恭和

紫禁元正霽色妍盈廷黃髮奉芳筵親承

寶訓同堯典壽獻瑶階祝
舜年乾運璿璣天永健民遊化日景長延
帝歌喜起傳堂陛賡和難成聳瘦肩

省方盛典總裁原任戶部尚書臣王鴻緒恭和

宮階設讌寶光妍
謨訓洋洋下慶筵
早歲紹基膺景命上元周甲遞增年
皇心祇覺常虛受天祿於今更廣延載拜

奎章欽壽愷嵩呼黃髮競垂肩

禮部尚書教習庶吉士臣陳元龍恭和

觚稜積雪曉光妍重老推恩敞
御筵五色祥雲開壽域千羣華髮會高年共霑
聖澤歡無極既醉仙厨慶永延遥識萬方歌大有扶鳩
鼓腹競摩肩

吏部侍郎兼翰林院學士臣張廷玉恭和

卿雲糺縵雪光妍千叟承

恩集廣筵尚齒禮真超往古飲和人盡享長年

天心同樂奎文燦民氣騰歡福澤延史職微臣逢盛事

簪毫

丹陛幸隨肩

内閣學士兼禮部侍郎臣蔣廷錫恭和

晴光雪色發春妍

金陛弘開尚齒筵蓂莢初舒軒帝日鳳膏均

賜木公年千人喜氣千秋會萬國歡心

萬福延臣是玉霄香案吏紅雲班裏仰
湯肩

內閣學士兼禮部侍郎臣勵廷儀恭和

蓬萊曉殿正暄妍千叟承
恩讌綺筵滿袖龍香擎舜酒充廷鶴髮祝
堯年曈曨日下春常麗長養風中福自延敷錫兆民登
壽世
九重宵旰一身肩

内閣學士兼禮部侍郎臣魏廷珍恭和

鷺序繽紛鶴遜妍蓬萊深處啓瓊筵生逢

壽主都增算身列仙班幸有年

恩勝虞庠分上下典逾周禮並登延盈廷盡是洪崖

侶拜舞螭頭笑拍肩

翰林院侍讀學士臣陳邦彦恭和

壽世昌期景倍妍

殊恩祕殿啓長筵

一人慶洽同羣庶千老籌添紀萬年
大雅篇章開渾灝太和宇宙自綿延賡颺不數虞廷盛
櫜筆螭坳喜接肩

左庶子兼翰林院侍讀臣王圖炳恭和

觚稜瑞雪映春妍儀直欣逢千叟筵獻歲臣親開
八秩臣父臣頊齡今年八十有一叨逢盛典尤荷殊榮恒沙
帝壽比多年彭羹斟後三陽泰
堯日中時萬福延德不能名無閒處極天勳業

一人肩

左贊善兼翰林院檢討臣汪應銓恭和

天題三白倍相妍併與春光照玉筵啓秩周環黃帝歷

支節太半絳人年將星卿月歸羣老

壽佛真仙賜欵延侍立預觀同慶忭

日宮軒下得差肩

翰林院檢討臣張照恭和

橐中金管瑞光妍獲紀

乾清千叟筵黄幄
天臨同得壽綠牌人捧不疑年上公讓席如鄉黨
皇子持杯與祝延百歲寂叨
宸眷渥首蒙饋醑莫齊肩
翰林院編脩臣薄海恭和
玉案仙葩暖翠妍耆英承
詔集瓊筵壬寅紀歷初春候甲子周環又一年瑞雪降
時禾稔熟

殊恩錫處壽綿延如雲如日瞻
天表白髮龐眉喜接肩

欽定四庫全書

御定千叟宴詩卷一 計詩七十首

大學士臣馬齊

元日祥徵慰

聖衷推恩耆老宴璇宮臚梅和鼎臣何力飽飫

天廚仗化工

大學士臣松柱

十載槐階眷老臣分甘金鼎錫奇珍當陽

聖主天行健長奉

宸歡億萬春

大學士臣蕭永藻

濟川作楫濫朝榮河渚星遊瑞靄明自是

聖人千萬壽筵前嵩岳遠傳聲

大學士臣王掞

聖朝優老遍臣鄰

詔列瓊筵荷寵新久忝綸扉逾十載欣逢

寶歷萬年春

大學士臣王頊齡

錫宴彤廷鶴髮聯齒逾八袠廁

瓊筵黃扉忝竊和羹任願介瑶觴祝

萬年

吏部尚書臣張鵬翮

聖德齊天

寶歷昌法宮燕老荷

恩光微臣職愧銓衡長啓事頻需
御案香
舊粟陳陳籤以箕又逢瑞雪慶嘉師
戶部尚書臣田從典
聖人久道羣生樂運轉鴻鈞億萬期
原任戶部尚書臣王鴻緒
憶從
講幄賦昇平游被

洪恩忝地卿金殿重逢耆叟宴

帝堯雲日倍光明

禮部尚書臣賴都

雪晴雲散肇初陽耄耋千人宴未央從此春官增

盛典萬年萬叟歲稱觴

禮部尚書臣陳元龍

聖朝崇老會耆英

紫殿紅霞白髮明瘴嶺歸來身尚健忝司禮樂荷殊

榮

兵部尚書臣孫柱

兵氣潛消日月新八荒同仰

廟謨神兩階干羽從今格海宴河清頌

聖人

刑部尚書臣張廷樞

少從東觀沐

恩波白首西曹

寵更多十日三回霑異味報酬夙夜愧如何

工部尚書臣徐元夢

官名徒爾列鴛鴻煥壁班聯最上頭新

錫天章榮暮齒當年

講幄眷難酬

工部尚書臣李先復

卿曹歷載忝崇班晴雪春風玉饌頒一代

殊榮承北闕萬年

盛德紀南山

吏部右侍郎臣傅紳

銓曹品藻責衡平久列朝班忝貳卿
錫宴幸陪耆碩後
殿廷高處五雲生

吏部左侍郎臣李旭升

佐銓十載荷
恩多又附耆英飲太和為慶普天登壽域蓼蕭歌並九

如歌

戶部左侍郎臣赫成額

度支官領小司徒廣宴和風拂白鬚快覩阜財還

解慍甲週玉歴邁唐虞

戶部左侍郎臣李永紹

六府惟脩百穀昌歳朝曠典舉霞觴

九天錫宴飛

龍藻千叟聯吟繼柏梁

戶部右侍郎臣張伯行

寸心自矢托愚忠感遇承

恩賴

聖聰此日瓊筵忻拜舞捧觴獻壽五雲中

禮部左侍郎臣王思軾

天行不息萬年春職佐春官愧老臣瑞雪瑶階排玉宴

白頭千叟醉

楓宸

禮部右侍郎臣景日昣

曉陪宗伯

殿廷趨

恩宴欣霑拜

聖謨臣是嵩高峯下士年年

萬歲聽山呼

兵部右侍郎臣王度昭

四海同膽

日月光

王師到處掃欃槍太平司馬欣無事白髮從容侍廟廊

刑部右侍郎臣周道新

好生

主德合天心更眷耆年

恩倍深明允勉脩臣職忝顧持

堯酒灑春霖

工部侍郎臣常壽

陪貳冬卿矢靖共每依春殿沐恩濃開筵宴老慚
黃髮環珮分班侍
九重
工部左侍郎臣郝林
冬官佐理近三台將作慙非梁棟材叨列鴛班霑
御宴承恩願奉
萬年杯
內閣學士臣登德

身近蓬萊五色雲

聖朝讌老遍鴛羣瓊漿入口神逾旺檢點封章敢憚勤

都察院左副都御史臣伊忒海

豸衣常愧受恩殊白首欣逢

賜大酺飽飫

天家仙饌美歸來鳩杖不須扶

都察院左副都御史臣江球

聖朝尚齒沛

殊恩鶴髮成行捧上尊昨夜雪飛齊賀瑞栢臺長共戴
春温

宗人府丞臣吳梁

玉葉金枝並茂時追隨
恩賜到彤墀
聖情悦豫當春晝灑筆先成燕老詩

通政使臣陸經遠

幾年喉舌忝鵷行民隱時通霄漢傍

錫福自天遊浩蕩稱觴獻壽頌無疆
順天府尹臣俞化鵬
春殿排筵晝漏長老成蹌濟沐
恩光徽臣奉職慙張趙
異數羣稱軼漢唐
通政司左通政臣潘錦
章奏敷陳入告頻
天顔咫尺轉逡巡青陽律應璇璣運

聖壽常過億萬春

深嚴祕殿許扶笻玉饌芬芳出

九重老馬自慙無智力行經絶塞盡堯封

通政司右通政臣魏方泰

龍飛玉歷首壬寅環甲重開浩蕩春

通政司右通政臣陳允恭

聖主賜酺尊尚齒永躋仁壽戴鴻鈞

大理寺少卿臣任奕鑾

矜恤頻年荷
聖裁已看壽域八紘開小臣絶少爰書擾春讌歡隨耆
耋來
大理寺少卿臣郭繖祚
金殿開筵集老臣旋依
黼座沐
恩綸忝陪百職齊聲祝億萬斯年拱
御宸

詹事府少詹事臣梅之珩

甲榦週迴

寶歷新筵開瑞雪點芳辰微臣珥筆千官後歲歲從今

紀大椿

侍講臣錢名世

禁近榮霑尚齒筵耆英列坐許差肩重登暖閣承

天訓記直

乾清二十年

中允臣汪士鋐

香案前頭舊侍臣萬年
寶曆遇長春仙厨錫宴
恩波濶歲歲歡呼祝
聖人

順天府丞臣錢以塏

馮翊分符贊
帝功敭敷文教播祥風得隨黃髮承恩宴

聖壽如天日正中

太常寺少卿臣陳良弼

耆年糜禄愧卿才盛世欣逢
御宴開仰見
九重龍德健躋民仁壽樂春臺

光禄寺少卿臣張聖佐

御厨珍膳叶調和
聖澤如膏不啻過翠釜金盤叨饜飫

萬年天禄祝三多

鴻臚寺少卿臣胡煦

中祕旋歸卿貳班

天恩迴出五雲間復霑湛露零豐草授几深宮拜

賜還

原任侍讀學士臣薄有德

生逢

壽世荷陶甄合會耆英及小臣此際欣瞻

雲日表九霄親拜
帝綍綸
承
恩五十有三年曠典虞庠近
御筵萬卷書成傳盛世嵩呼
聖壽永同天

編修臣陳夢雷

編修臣沈宗敬

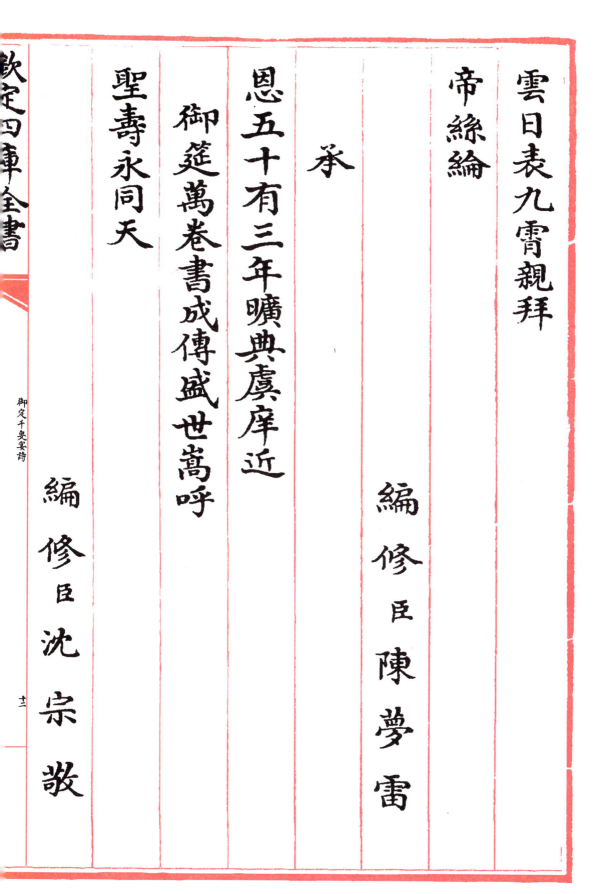

千叟歡騰愜
聖心御筵春酒得頻斟微臣兩世蒙嘉宴四十年來闓
澤深
編修臣何焯
蓋榜邀榮
寵錫稀編摩祕殿奉
恩輝廁名千叟尤深幸接跡期頤侍
紫微

檢討臣李鍾峩

瑞雪晴頒

鳳詔新紫宮春宴逮微臣九霄此日聞

天語真是蓬萊島上人

編脩臣王時憲

詞臣侍從愧鄒枚

詔許蒲輪上玉臺祝

聖壽同天地永寵光頻自日邊來

編修臣呂謙恒

蒼髯白髮拜

楓宸六膳三漿

賜賚頻簪筆微臣蒙異數

天顏咫尺被溫綸

檢討臣陸紹琦

鳳歷重周花甲新高年

賜宴及儒臣王正盛典從今紀歲歲引開壽域春

編脩臣王時鴻

聖德神功被萬方太平讌老拜龍光徽臣展歷初周甲

賜坐榮邀香案傍

編脩臣吳襄

六旬今列千官宴兩榜原登

萬壽科才薄何緣恩獨厚

九重雨露一身多

編脩臣蔡嵩

昔荷

殊恩登蓋榜今逢曠典錫華筵十年豢養同高厚載筆

重將甲子編

編脩臣李克敬

法酒名肴宴老臣坐聆

天語更温醇文章報

國儒生分願咏南山祝萬巡

編脩臣黃鴻中

千叟筵開謁
紫軒坐聆
綸綍藹春溫從今歲歲瞻
龍德賛筆西清紀
聖恩
庶吉士臣李同聲
廿載鑾臺
渥眷頻六年藜閣拜

温綸承恩累葉難圖報長願披香侍
聖人
徼臣釋褐甫登瀛旋侍瀛仙宴太清
庶吉士臣吳馮栻

聖瑞早於天象見老人星拱泰階平
庶吉士臣黄秀

萬年天子福齊天燕及臣工重引年喜覩八方開壽域
瀛洲杖履也如仙

庶吉士臣闗上進

萬年花甲歴重輪
勅賜宮前宴早春華省六旬登第晚
殊恩還及照藜人

給事中臣陳沂震

掖垣陪列七經春荏苒年華過六旬獻歲
御筵叨
盛典呼嵩祝嘏上

丹扆

給事中臣秦道然

既忝詞臣又諫臣昇平無事奏

楓扆生年尚在

龍飛後已並耆年祝

聖人

御史臣張建策

西清東序法筵高寶氣歊輝在尺綃四海昇平

天壽永大書鴻業共尊
堯

御史臣施雲翔

十年柱下沐
君恩重喜今朝與
賜鐏
玉歷已增新歲月春花長耀錦乾坤

御史臣王培宗

瓊筵玉醴敞初春拜

賜殊慙獻納身屈指吾

皇當御極服中已見兩壬寅

御史臣戴芝

日麗風恬景物妍

恩高耆舊宴高年小臣幸廁臺班末親拜

龍顏尺五天

御史臣柴謙

秘書承

詔許分編鐵柱爲冠侍

殿前風憲清華倶忝竊飽仁惟頌萬斯年

御史臣邵璿

昇平簪筆承

恩重春暖

乾清賜宴來瑞靄祥光環

帝座始知宫禁是蓬萊

御史臣陳學孔

龍飛六十一年春
玉殿筵開賜老臣飽德醉心
温語切繡衣忭舞拜
恩新

御史臣張令璜

微臣夙忝風霜署
聖主還施雨露恩

詔與耆年同鎬宴許教輿馬近宮門

御定千叟宴詩卷一

御定千叟宴詩卷二　計詩三百二十首

入瑞自居擊壤羣世間仁壽賴吾
君好生大德合天地願得三多邁放勳其一
去年藏裏凱歌回
賜宴今朝宴賞陪萬里辛勤瞬息過歡聲載道似春雷
其二
風土人情各自殊徵臣遊遍世間途願將省下期

頤歲捧進

彤墀添壽圖其三

三庚尺雪莫驚奇葱嶺陽關共所知寒瘴烟沙愁

日晚而今盡解慶雍熙其四

當年執戟定滇黔回首凱旋雨露霑鶴髮九旬

天眷顧算籌隨歲喜頻添其五

身經戰陣録徽勞老沐

殊恩氣尚豪宴罷精神添一倍貂裘文彩耀弓刀其六

祖父攀鱗舊策功子孫世世沐
恩同黄金永寶傳家甲白髮猶彎射柳弓其七
七十餘年列禁軍不知髭鬢雪紛紛法宫頒醴同
仙液上庫分金荷
聖君其八
壯歲隨班列虎賁栢臺粉署職曾分久霑雨露
恩無盡又上
宫庭覲五雲其九

九重

勅旨宴千官鳳閣詞臣列上班愷樂鎬京春酒美賡歌

拜手慶南山其十

萬年天子壽無疆春滿蓬萊

御宴張八十六齡逢盛典喜隨元老慶陶唐其十一

宿衛班中憶壯年從征朔漠靖烽烟

堯樽幸醉身輕健

恩賚貂冠耀雪顛其十二

心丹不覺力頹唐弓勁能開箭用長更得紫霞霑
一醉踔騰筋骨愈加强其十三
預掌
絲綸直
禁中日宣
天語下高穹萬年寶歷昇平候許從耆英燕衎同其十四
引年授几列前班記得椹戈奏凱還
聖武弘昭包六合

殿廷今日是蓬山其十五

聖朝豢養八旬餘尚齒還來飽

御糈自愧武臣稀識字紀

恩新學萬年書其十六

瑞雪三元歲必豐

聖心樂與萬方同徼臣忝列祠官後忭舞歡呼

御宴中其十七

朔塞南荆昔荷戈九旬鬚鬢盡皤皤

天廚更賜長生粒春色還添壯色多其十八

曾叅栢府侍

彤庭霜鬢重沾玉饌馨千叟齊申岡阜頌南天應燦

老人星其十九

橐鞬欣儔五雲深汗馬微勞列上林幸到九華春

殿宴滿筵喜色見

天心其二十

熙皞休祥遍八坤水村山郭盡仙源顒臨萬里長

江卷寫出汪洋萬里恩 其二十一

天馬流沙萬里來雲屯寶騎殷春雷

君王神武超千古驁塞嘶非厩駿才 其二十二

羽林日日佩容刀皓首官班著錦袍誰意更逢春

燕喜追陪仙侶得仙桃 其二十三

西賮南琛自遠荒圖成

王會集梯航愧無閻令丹青妙徧飫虞庠酒饌香 其二十三

肆筵設席自

皇居璧水膠庠總不如還頎服章慙振鷺恭承
恩禮賦嘉魚 其二十五

壽域宏開荷化成耄年司鑰右安城欣聞
天語同春煦榆景偏霑分外榮 其二十六

麗日祥雲擁泰階稱觴喜與衆仙偕曽隨昭莫多
鏖戰記賞頭功第一牌 其二十七

八閩戰蹟得微功白首親霑
御饌豐甲子循環天不老吾

皇行健與天同其二十八

乾清宮殿煥

皇居芝席天樽列玉除宛似仙山樓觀曉紅珊瑚暎碧

芙蕖其二十九

久從

丹陛序鵷鴻宴鎬欣傳到

法宮兩列仙官皆壽耇

萬年天子坐當中其三十

聖德巍巍

聖壽長箕疇錫福備禎祥外藩齊效三多祝列職榮分

千叟觴 其三十一

開年乍展青陽歷紀日初舒軒帝蓂春仗分班仙

掖啓乞閒身亦到

天廷 其三十二

鐵衣記得賦從征禮飲欣逢

盛典行萬帳貔貅

恩久渥復教鮐背荷殊榮其三十三

尚方珍膳粲珠盤燭夜杯分柱下官

温旨頻宣容醉飽玉階千叟戴

恩寛其三十四

岐黄小技草茅人忝附朝官侍

紫宸八十老醫重仰

聖顧携菊醴獻長春其三十五

袞龍咫尺笑言親千叟新筵異九賓不用贊儀惟祝噎

鴈排鶴髮飫天珍（其三十六）

持籌曾忝上卿班喜荷瓊筵敞

帝闕千叟玉階同舞蹈極天

聖壽指南山（其三十七）

擁節西秦與益梁歸朝官秩領金倉至今輳轝邏

沙曲常比中和樂職章（其三十八）

馳騎彎弓夙所諳年來短髮白鬖鬖

軒宮恩許陪春宴龍角星光照面南（其三十九）

醴酒瓊饈出
御庖泰符長筮地天交徵臣奉討過銅柱
恩露於今滿白茅其四十
奔走承
恩數十年今朝歡宴
玉墀前挽强命中渾忘老踴躍猶思七札穿其四十一
琵琶灘畔奪艅艎憑仗
天威力亦强中歲已蒙歸化宴殘牙令啖大官羊其四十二

藝植身藏老圃家遊仙忽訝捧流霞從今得與瑤池讌願向蓬山職掃花其四十三

吳楚滇黔身歷餘歸來領衛直周廬欣承禹膳頒三爵長戴
堯天頌九如其四十四

鳳樓縹緲瞰蓬萊羽衛爭趨捧壽杯賈勇敢誇經十戰承
恩卻許近三台其四十五

浩蕩恩波自九天建章春宴集耆年舊含雞舌趨

丹陛何似瓊羞飫

御筵其四十六

玉殿紅霞簇畫屏乗田亦許到蓬瀛年年巨勝花盈野

三百維羣頌太平其四十七

牛人分職自周官畜牧微勞愧素餐何幸暮年叨

異數近依仙仗上金鑾其四十八

玉肪寶餌緌童年六枝醫師試十全欲識太和翔

洽處但看孩孺樂
堯天其四十九

盤龍山下記鏖兵文德年來萬國平
錫宴瑤階歌既醉天漿分到老司城其五十

村堡曾經備蟻員乞
恩歸養已華顛今踰八十身還健班末趨登上九天其五十一

雞唱天街曙色分鑪香春靄互氤氲

皇慈遍錫瑶臺宴視草身閒倚五雲 其五十二

幕府曾書百戰勲江南身將八營軍耄年得預耆
英會驍勇家懸
雲漢文 其五十三

法醖宮壺領大官坐深不覺早春寒絲綸閣下承
恩久時把葵心向日看 其五十四

長揚從獵耀金貂角勝爭先志未消幸值太平饒
樂事老人隊裏頌

神堯其五十五

金鑾玉鱠沐恩波海宇昇平瑞應多指日西陲咸

奏凱不須揚盾更揮戈其五十六

陛戟周廬拱太微親承燕語覲

垂衣大官捧出麒麟脯黃髮皤皤拜

賜歸其五十七

恩濃湛露醉臣心宣勸猶聞降

玉音雪嶺靈關韜甲後幸隨父老學謳吟其五十八

賞牌曾預蕩平功華髮身依
紫禁中八十餘齡皆
帝錫還期
聖壽與天同其五十九
亰翁也得宴
金鑾取次花風到上蘭誰信宫中一萬樹今朝竟許
舉頭看其六十
魚鑰開時曉色新

詔隨耆舊宴初春風和玉闕
天顏霽親見
龍床笑語頻 其六十一
金華春殿集瑤珂翠釜分
恩出紫駝一自島夷重譯後至今東海不揚波 其六十二
白雪盈頭霜滿頰拄筇親見
御筵開蟠桃捧向家中看知是神仙會裏來 其六十三
流霞滿酌勝還丹天地為心老者安願祝

壽同天地永萬年

天子萬年歡 其六十四

宴賞恩膏浹小臣昇平樂事太平人世賡榮秩心

依戀長慶

堯年萬萬春 其六十五

世祿長霑

帝澤綿又叨春宴會羣仙玉書金匱青藜閣紀録貢符

祝大年 其六十六

誰言七十古來稀老叟盈千繞

御扆

賜宴不嫌官職小蒼顏皓首有光輝其六十七

欲乞花封製錦新何圖魚藻寵微臣心期下邑多

耆老也似天邊壽域均其六十八

太和禽鳥各呈奇瑞譜圖形尚有遺今日

玉階歡宴處碧梧應見鳳來儀其六十九

曾從

琱輿出五原虎符歸掌侍金門春風平樂參高宴養

益頹齡恙

主恩其七十

恩教老健杖休携尚齒筵開

玉陛躋拜手未忘東魯地瞻

天直與泰山齊其七十一

太和臣庶盡歡娛肴壽承

恩更賜酺序齒分班歌既醉

天家異數古來無其七十二

玉燭調和
御宴開歡騰千叟進霞杯龍驤隊裏龐眉老醉向金階
拜舞回其七十三

錦江城外記銜鋒奏凱回來慶賞隆今日
玉階霑玉液酡顏自喜尚如童其七十四

榆北瀘南屢戰身欣逢嘉會日華春千廬列衛歡聲遍共道
堯天多壽人其七十五

歡聲動地若春雷
温旨傳宣賜宴來
盛世韜弓崇禮樂得同千老上春臺其七十六
冰紈一曲奏薰風萬象都歸化日中手把
堯樽欣馬齒身司
舜樂佐夔功其七十七
破敵先登梅嶺顛幸陪嘉宴坐瓊筵願將冰蘗無
窮柔拜祝

君王億萬年其七十八

豹尾前頭萬象新雪晴雲燦映勾陳引年開宴

天恩渥臣是當年踏浪人其七十九

上池飲後醉瓊漿鴻術堯時愧未良不藉稽生寒

石散世無夭折齒繁昌其八十

職分禁旅習龍韜頭白清街敢憚勞欣共仙班同

獻壽蹌擎玉斝醉蒲萄其八十一

塞北湘南記戰勳羽林具職拱

丹扆今朝燕衎承
膏澤擬作堯衢擊壤人其八十二
四海梯航清宴時緑沉槍卧少驅馳擘麟筵上承
恩出鳩杖歡呼滿路歧其八十三
方伴馮章測景回星郎恍惚夢蓬萊醴泉滿地知多少總與
君王作壽杯其八十四
瓊樓金闕
紫宸闕得到除非侍從班詎意簿書塵下吏今朝飲宴

五雲閶 其八十五

敷天白髮太平民拜手軒墀集虎臣置尉不須名

戊己

賜筵今始紀壬寅 其八十六

獻歲韶光一色新雪殘鳷鵲淨無塵金鋪日暖逢

開宴好捧霞觴拜

紫宸 其八十七

優老

君恩恤荷戈弓刀小隊和衢歌欣看

玉殿傳觴處占得嵩呼數最多其八十八

勾陳衛士沐殊榮玉筋金盤荷

聖情共祝軒轅龍鳳紀不資仙藥自長春其八十九

搴旗曾記贛江西十八灘聲振鼓鼙蘭席觥船光

灩瀲波紋如簇七重犀其九十

碧雞山下舊從軍十二星匡列衛分

賜坐玉階開宴處曜儀光景緑氤氳其九十一

出師中路從

君王今日雍容入建章百爾臣工相齒讓堯階蓂莢慶

方長其九十二

六英飛瑞兆豐年

玉音親頒養老筵陰定山前曾克敵雪花猶記舞翩躚

其九十三

清時人瑞總駢肩休養

恩深列校偏一自丹霄登秩宴何須絳縣更疑年其九十四

時際清寧七校閑九衢夜户不須關白頭長捧金
莖露雲日當天仰
聖顏 其九十五
當時結束事櫜鞬錦服今朝預列仙宴罷歸來馳
道過歡聲齊徹九閶前 其九十六
黄道星輝護
紫微瑞霞晴麗敞彤闈鐵衣幾度邊山路載頌岡陵
式九圍 其九十七

金墀鵠立尚遷延列校何當捧
御筵不是尋常拜恩澤
萬年天子宴高年其九十八
期門列校靄雲屯廩祿虛糜豢養恩更向新年逢
盛事瑤臺親得捧
堯樽其九十九
衛士班中愧末行白頭常憶玉階旁螭坳連席
君恩大不羨休居陛楯郎其一百

玉帛車書萬國同瓊筵開處日曈曨小臣忝職司
方澤土脉先占九穀豐其一百一
老去仍司石室文紅籤緑笈護香芸承
恩錫宴金華殿三素光飛玉葉雲其一百二
六工亦得荷
天宣鳧氏還應忭躍先
聖世太和為大冶鑄成壽世慶春筵其一百三
末技隨班拜玉鍾百花從此露華濃金瓶喜見雙

岐穀知是

皇心只重農其一百四

盈廷快覩元朝雪

賜宴欣隨百歲翁麟鳳虛言是祥瑞真祥人壽與年豐其一百五

聖朝養老禮殊常次第

頒恩逮議郎穆穆靈祇胥妥侑還陳神貺九霞觴其一百六

頻年歡祝遍南邦

聖澤同春滿大江

恩及老臣今更渥龍光猶照兩眉龐　其一百七

伐叛隨征到豫章頭創幸遇百金方

皇恩錫福開瓊讌九醞先分殿陛郎　其一百八

延賞

隆恩著世功從師粵嶠又閩中至今寰海波濤靜蛋雨

蠻烟化舜風　其一百九

世職家傳列虎賁鈞天開宴幸承

恩禎符盛事喧謳頌南極光中拜

至尊其一百十

何幸

天顔得仰看一時千叟喜彈冠

九重華髮囙民白萬國忠心為

上主丹其一百十一

粉署叨承

雨露頻更隨鴛序飲芳珍試看霜鬢蒼髯叟都是

堯天長養人 其一百十二

聖朝珍異貢梯航恭儉還聞外府藏何幸

日邊司庫吏得隨鴛鷺酌瓊漿 其一百十三

上尊疊

賜色香凝忝列戎旃拜手承咫尺彤階人共仰

帝星鴻朗並升恒 其一百十四

錦川波靜點蒼青往歲從軍討不庭玉室

賜酺瞻拜處湛恩汪濊比南溟其一百十五
法酒從容樂太平武夫亦許宴承明九枝燈下千
人坐應有山呼萬歲聲其一百十六
峒峽駕湖奏凱歌年來顛髮雪霜多玉京宴罷言
歸後細與家人說大羅其一百十七
木渝河畔舊從軍良馬曾蒙上監分白髮更登朱
毯末三漿春散澤棼熅其一百十八
瑶階綺席宴高齡祥靄綸縯護樹屏曾向昆明瞻

斗極天邊長朗老人星其一百十九

天厨仙醖勝流霞鶴髪蒙恩禮有加曾得

君王褒蹏賜半生衣食荷全家其一百二十

花甆雲騰現五芝金罍環列散珍奇西征曾過邠

岐路記得公堂獻壽詞其一百二十一

皇威遠訖静塵埃春讌叨榮醉緑醅筋力未衰趨走便

瞻雲就日上瑶臺其一百二十二

賡颺自昔美虞廷未若稱觥合萬齡曾共虎罷歌

凱曲今隨卿相飫芬馨（其一百二十三）

向隨充國渡湟中今附期門宴賞同總是
聖皇弘錫福長教蒲栁沐春風（其一百二十四）

羽林慙應列星文三爵叨陪振鷺羣聞說賀蘭山
下路山光斑駿擁祥雲（其一百二十五）

瑶尊滿泛導陽和慙愧頻年列荷戈超距翹關寧
謂勇
君恩重比泰山多（其一百二十六）

晨鉦宵柝護

皇居

錫宴新逢淑景舒於萬斯年今日始熙然民物在華胥

其一百二十七

早向齋宮事祝釐軒轅卜曆應

昌期登歌升樂三終後鸞鶴迴翔耀羽儀

其一百二十八

邊部荒陬被

澤遐徼臣輸粟到龍沙洋洋甘露川頭水若比

恩波尚有涯 其一百二十九

黃牛峽下過千帆紫燕山前積翠嵌兩地手弓蒙
賞獲暮年叨濫領軍銜 其一百三十

曾瞻
黃鉞自臨邊雷電威清萬里烟今日
龍顏真藹藹秋霜春露太和全 其一百三十一

錦衣皓首喜駢肩矍鑠隨班到
御前漏轉宮壺春正永扶鳩長願侍瓊筵 其一百三十二

久從月殿斷天銀瑩澈光明世界身

佛智故應成

佛壽琉璃柯地萬年春其一百三十三

軍行閩海屬櫜鞬濫得勳封到子孫饐耇

宮廷還忝與水深山峻是

君恩其一百三十四

玉螭墀下宴千官老覺松醪易上顏記得昆明從揵

伐

賜弓擎出萬人看 其一百三十五

玉府曾為筦庫臣瑤階趨走重蹲循豈知坐對

羲皇主 龍子希韝送八珍 其一百三十六

洛陽橋畔逐封軀曾拔鳌弧上堞呼一自卿雲糺

縵後牽牛星域遍笙竽 其一百三十七

三十年前作護軍金支曾見覆

軒雲承平養老昭仁讓

聖武由來必右文 其一百三十八

昔趨郎署銜居後今宴

彤廷齒在先為語兒童休健羡管教次第到

恩筵其一百三十九

聞説香山九老圖居然司馬冠公孤何如千叟論

年坐

聖主當軒

賜大酺其一百四十

黄河源上動高旌曾擐重犀却月營又看春光到

西海當時老卒宴

天極其一百四十一

千衢巡徼往來通叩鼓持更衛

法宮一上

玉晨陪讌賞頻令虎帳滿薰風其一百四十二

雪晴

鳳闕彩雲生日暖罘罳瑞露明白髩婆娑老隊正承

恩仙席醉蘭英其一百四十三

豹直周廬老步兵掃除廣路
翠鑾行如何得對
君王坐真是逢仙上玉京其一百四十四
瑶池式宴有殊榮
堯盞分來絳雪英合竹丸泥雖末技太平天下字能成
其一百四十五
早歲從軍定百蠻何期春讌綴徵班涵濡
聖澤金沙水披拂

皇風玉蜀山其一百四十六
除道常瞻
日月光角端旗過識
天香平涼戰後歸威衛舊六鈞弓尚可張其一百四十七
飽食歡歌一壯兒老叅衛署率熊羆金漿忽沐
君王賜健似荆州克敵時其一百四十八
盤龍山下昔從戎嘉峪關前記挽弓慣識陣雲如
杼軸欣逢

湛露被椅桐 其一百四十九

虎牙衛士髩如絲

恩許追陪宴玉墀忽憶旌門親執訊歡聲雷動獻功時

其一百五十

將軍剩韻席前占賜果詞臣發御奩爭比

聖王躬養老武夫列坐對

宸嚴 其一百五十一

捧檄傳呼屬小臣雙鬢如雪髩如銀誰知謝職分

休後授几支筇對

紫宸其一百五十二

四始祥占慶歲穰朝來晴雪帶

恩光深嘗

堯酒同天酒南極於今色正黃其一百五十三

蝦蟆更盡曉烟開朱網龕鬖卿相來直宿章溝唯

望見今朝冠履接三台其一百五十四

巳字江頭記洗兵短簫鐃吹竹王城當年冠鷁今

鳩杖安坐重茵盡一觥其一百五十五

天分漠北與滇南章亥纔能縱步探無敵

仁師胥警伏來蘇

皇澤盡敷覃其一百五十六

琱戈貝冑出回中雲罕星旄映碧空勿士行枚成

老校

賜筵叨列殿廷東其一百五十七

戈鋋彗日下蠻邦沙塞親觀築受降七萃士中

宸眷渥千人宴上尉耆龐其一百五十八

分麾傳檄位居卑監牧行年歲有期豈料

彤廷叨侍席坐聽

天語下瑤墀其一百五十九

星顱雪踠走軍符懸戲重門戒不虞名字八屯徼

職謝年齡七袠

聖恩殊其一百六十

念珠樹下憶經行末職司門老

帝城長願吾君同佛壽彌陀聲雜祝延聲 其一百六十一

聖世豐年樂事饒御筵開處接丹霄坐來黄耉推前席若問班行是下僚 其一百六十二

坐甲曽參左右和老司鶴鑰偃金戈忽承齋湏頒天上頻覺春光獻歳多 其一百六十三

攻金六齊實鳩工身世鎔陶造化中耄耋更教陪

上席玉紅分得鑄顏紅其一百六十四

軒歷緜緜寶祚昌熙朝正朔被龍荒閑曹藿食平
生事

賜宴榮逾博士羊其一百六十五

東極瓊脂粟粒香西池甜雪瀉銀餅宴歸尚未三
晡後始信壺中日月長其一百六十六

朱戟排門散秩清執殳三度衛團營曾觀鶴列戎
行整又仰

珠庭秀彩明其一百六十七

左个青陽淑氣融高年齊上

蕋珠宮摧鋒六戰餘筋骨垂老衰顏酒借紅其一百六十八

繡衣持斧引風霜

玉裕親承化日長久謝螭坳簪白筆獲隨虎拜

賜瑤觴其一百六十九

銅環靈壽步長楸銀髮居然雲鶴儔憶得

開階正位日小臣年始一星週其一百七十

登筵幸得陪千叟報國無能効一官年齒名銜
君賜予鬚眉白盡寸心丹其一百七十一

閑居猶自習兵機屢戰徽勲
聖主知盡展
恩光照元碧一行黃髮醉春卮其一百七十二

紫殿前頭
賜大酺白鬚紅頰共相扶不知鼓腹行歌者還有堯民
野醉圖其一百七十三

　偁戈三棨剪萑苻擊柝重城老介夫忽奉
龍光陪壽耉
恩寛不用沒階趍其一百七十四
　劍佩從容踏
禁籞五雲春殿
法筵高親依玉户傳三爵從事龍韜已二毛其一百七十五
九重玉極紫烟霏久著朝衣解鐵衣
聖主投醪恩廣大憶開弓月對金微其一百七十六

十二峯前杜若芳曾馳玉軑射天狼吳戈楚練令

無用學頌升恒天保章 其一百七十七

雙江九塞奉麾旄化雨祥風沐

聖朝玉輦溶溶嘉燕衎虎夫種種髫毛彫 其一百七十八

輓粟飛芻餉六軍轅門曾見積如雲廿年坐飽官

廒米為從鄭侯紀薄勳 其一百七十九

兩兩纓鈴列大貂

御香郁烈玉驄驕常時遠覲今親覲

天語琅琅下慶霄其一百八十

衛士頭銜舊末行今看冠劒上

明光千牛大將如年少不得同分

御酒嘗其一百八十一

虎威班亦厠銀墀匡衛鈎陳本近天玉壘浮雲沙

塞月歸朝長享太平年其一百八十二

楓宸香路進名時宣勸

堯樽荷

聖慈記得短兵超戰艦荔支風裏試搴旗 其一百八十三

分賜琳厨玉液餘花香爐靄積衣裾身同小物遊元

化蠕動翾飛各自如 其一百八十四

雲騎令叨

寵遇殊玉筵霜髮照屠蘇頻逢劍閣朝正使問訊當年

八陣圖 其一百八十五

玉陛恩教策杖升黃金罍絶糴肴稜麤才選勇曾居

寂斗米今猶一飯能 其一百八十六

蠶叢蜀道沅湘陰結髮戎行老羽林散仗忽陪千
老宴雪花微點壽杯深其一百八十七
宮壺初泛暖香浮　帝子行觴錦臂鞲收拾弓刀
好身手翠杯虔仰翠雲裘其一百八十八
萬年機杼衮絲新考課常勤百鑷人五色吉雲籠
曲宴
赭黄遥灧日華春其一百八十九
南營守職効微勤忽上

瑤階近五雲掃淨昭明還獻壽西師歸好宴邊勳其一百九十

戴星協月萬花驄銅式天閑骨相同匡比駑駘空

飽粟但歌壽穀祝

皇躬其一百九十一

鴨綠江南平壤城由來文物近神京

九重春宴光華旦照澈

恩波海水清其一百九十二

章服叨榮第七階坐中日映虎文戟銀青金紫齊
環立一色霜鬚雁字排 其一百九十三
光翻晴雪照霜髭玉屑瓊靡瑩素瓷三白瑞徵聆
帝語年豐人壽
聖情怡 其一百九十四
一人戩穀物由庚列爵分年宴五更龍勺均霑天美祿
虎鹽致和
御厨羹 其一百九十五

幸託
天潢爵秩崇歲時常得覲
瑤宮
皇家仁澤同行葦豐草沾濡湛露中其一百九十六
侵曉觚稜旭景暄許教扶杖集
宮門
天顏咫尺溫如日坐久渾忘在
紫垣其一百九十七

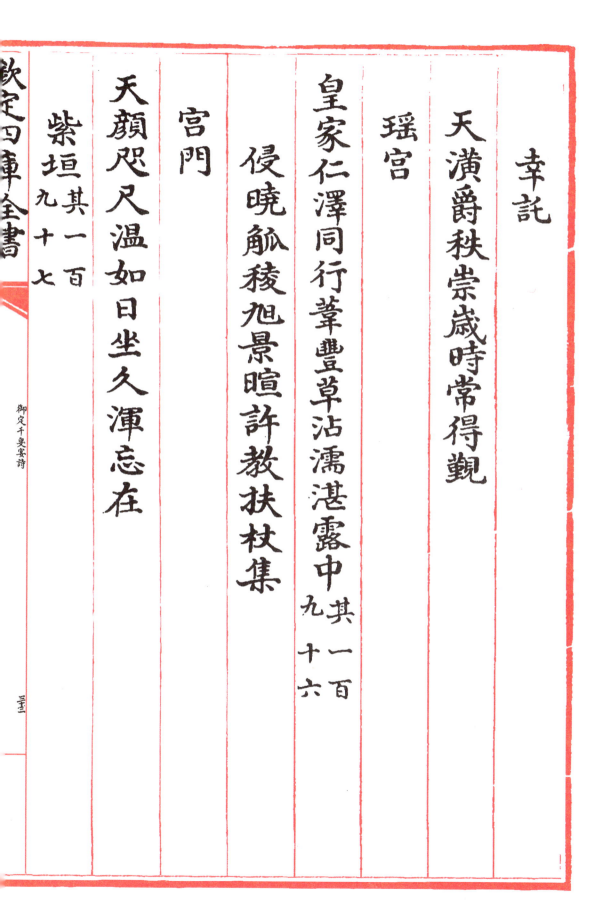

一門祿食感生成四海清和樂太平忝預萬年
天子宴勝陪仙侶會蓬瀛其一百九十八
重逢玉歷紀壬寅慶洽元正錫宴新皓首厖眉瞻
拜喜
乾清曠典是初巡其一百九十九
攀龍附鳳荷
朝恩餘澤流長到子孫忝佩金章成耄齒微荄何以
荅春暉其二百

天墀設讌正春和

聖世耆年樂事多臣老三巡從甲卒祖勳列爵表山河

其二百一

兩奩黑白已華顛得捧金盤

玉殿前天味飽嘗龍鳳髓紅肌不羨橘中仙其二百二

榷務頻年幸備員郎官方愧應星躔感

恩更飫

天廚味鼓舞春風拜

御筵其二百二

憶從遷擢佐曹司每握蘭香傍左螭文史三冬慙

曼倩勝他伏日拜恩時其二百四

粉闈昔日荷

皇慈嘉宴新頒九醞卮萬象同登仁壽域微臣何幸際

昌時其二百五

列校連營領虎賁宗盟庶姓肅旗屯白頭拜酒春

風裏歡與同袍頌

帝恩其二百六

組甲從戎過十年仰憑

天筭靖烽烟射聲承乏監屯衛雪色盈頭列賞筵其二百七

瀾滄驛路凱歸身豹尾班中仰

聖人跪捧雲罍霑露液紀

恩六十一年春其二百八

曾親雲日列中涓容養樗材樂壽年

朝宴忽從三事後載教咫尺仰

堯天其二百九

佽飛當日厠微員少壯驅馳已積年

聖主推慈優禁旅垂垂白髪預瓊筵其二百十

雍容九列與三台禆末何縁拜賜杯

帝勑公卿專序齒得陪國老鴈行來其二百十一

勾股朱黄得

聖傳幸同絳縣預瓊筵願將環轉生生數獻祝金甌萬萬年其二百十二

身經六戰佐戎韜

金殿欣瞻日月袍瑞色

九重開雉尾廣筵千叟醉蒲萄其二百十三

五服供輸五庫中曾司天鑰愧何功獲瞻

帝度如金玉貞固還將祝

聖躬其二百十四

元正節慶宴王公特降

新綸千叟同向曉雪晴徵瑞白

皇心原即是天工（其二百十五）

麟膠棘竹有良材

内殿羣工象弭開不用雕弓穿七札太平耆老宴春

臺（其二百十六）

日月升恒照九垓千官拜舞

御筵開

聖人旨酒原垂誥特為耆年賜一杯（其二百十七）

官佩銅章歲古稀

榮光長得傍京畿更隨鷺序參
宮宴受爵歸來香滿衣 其二百十八

愧無惠政及莭簷解組優閑稱耄年仰望虎樽叨
勅勸飛凫不羨葉公仙 其二百十九

淑氣初回紫禁春蓮葩綺井映曦輪自慙微末司
門者仰沐
皇家雨露深 其二百二十

忝司魚鑰鳳城邊忽奉

恩宣預法筵從此抱關真不賤也瞻紫氣識神仙其二百二十一

詔集耆年宴紫霄趨蹌不覺禁門遥曽從都尉宜禾府萬里天山仰泬寥其二百二十二

蘭錡年年設禁兵忝司徼道衛嚴更豈期

賜酒龍墀下坐聽蓮花晝漏聲其二百二十三

縈紆輦路喜新開灑道千夫看子來今日軟紅塵不動禁中白雪紫霞杯其二百二十四

千人九萬記春秋黃竹多收削海籌從此不須誇

楮葉只將玉作杖頭鳩 其二百二十五

千官濟濟侍壺觴環衛均依

藻火光戒夜祇堪供擊柝

彤廷何幸附賡颺 其二百二十六

承露天杯寵渥新雪稜㲋鬢兩如銀南征將士臣

今老尚是當年摩壘人 其二百二十七

玉鉞叅旗列八屯驤霞轡羽扈

金根欣逢
異數敦耆宿無限榮光及虎賁其二百二十八
儘堪馳馬挽强弓意氣猶然少壯同夙飽
君恩忘却老當筵健飯白頭翁其二百二十九
滄津紫塞映朱旗歸旅無譁有捷書江漢戎功蓋
雅什蓼蕭壽愷樂
天居其二百三十
騎官星本列房南忽與文昌輔弼參自是

君王崇齒讓好留乇衛作佳談其二百三十一

少年授子亞夫營笳鼓親聞凱入聲老得安閑乇騎長却隨冠屨宴承明其二百三十二

春回紫極氣和邕鏤檻文棍瑞靄濃臣職虎威無報稱三階列坐賜黄封其二百三十三

雍梁幾載事戎行鐵馬琱戈犯曉霜此日春風金殿外一杯天酒漾恩光其二百三十四

當年馳馬陣雲高垂白身名隸豹韜

恩許金蟬同几席愧曾玉帳侍旌旄其二百三十五

五雲深處綺筵陳獻歲

天家酒一巡介胄從戎慙武士

聖朝寵及白頭人其二百三十六

霜戈隊裏效驅馳白髮鬖鬖

御宴時總是

聖君優老壽虎夫亦得讌

龍墀 其二百三十七

飛鷁曾從下瀨師親馳賊窟刈祆旗而今鯨海無
波日手捧

堯鍾照雪耆 其二百三十八

曾從玉壘返金鋪養老

恩榮及武夫杞棘祠椅承湛露卻教樗散亦沾濡 其二百三
十九

録叙微勲荷

寵光年來不覺鬢蒼蒼自慙老缺殘牙齒也得

天廚異味嘗 其二百四十

彤庭湛露

聖恩深尚齒筵開旭日臨晷分言情

天子詔飲和食德小臣心 其二百四十一

恩綸優老逮微臣皓髮追隨到

紫宸

御饌親嘗

天語近餘年長咏太平春其二百四十二

黃門趨走日曈曨斑白承

恩飽德同齊向殿前呼

萬歲儀堂小吏鳳樓東其二百四十三

解組閑居荷

大君門闌畫戟倚高雲青瞳綠髮皆仙侶許列衰遲舊

領軍其二百四十四

五營飛將擁霜戈日麗龍旗識景和沐浴

皇仁思敵愾欲清西海靜鯨波 其二百四十五

綸扉出入地清華湛露均霑

愷澤賒飽飫仙厨稱異數迴看鶴髮盡毿髿 其二百四十六

雷動

天行武奮揚雕弧畫的獵長楊扈巡羽衛稱榮遇更得

春壺瀉桂漿 其二百四十七

六龍迴跋下

天光每掉纓鈴裏

御香今日玉階同率舞心輕漢帝樂豈黃其二百四十八
職叨管鑰羽林軍中候由來近五雲今日風清長
樂殿
恩頒天饌飫芳芬其二百四十九
彤廷燕喜效賡歌六十餘年養太和記得岳陽曾拔
幟歡聲騰上洞庭波其二百五十
削平三孽自
神謨臣壯猶為百戰夫官忝策勳隨鸑鷟

恩崇養老錫醍醐 其二百五十一

新春侍宴近

天顔樽俎榮分豹尾班欲彷文臣申祝語福如川至壽

如山 其二百五十二

羽衛欣陪

錫讌榮牙璋曾籍夜郎兵春風萬里聞歌吹聽徹蘆笳

總頌聲 其二百五十三

幕府旌功奏紫清年年周衛樂昇平

宸廷賜宴歡何極國老親同醉兕觥其二百五十四
祕府天儲竊備官
山莊曾預拭林巒吾
皇儉德容臣拙長奉
宸居萬歲歡其二百五十五
奉職西曹歲月長園扉草滿見春陽歸田已許承
恩詔
賜宴還教接寵光其二百五十六

夙戒嚴宸有禀程引年飫宴得殊榮
玉音真敘家人語繞殿輕雷喜笑聲其二百五十七
彈冠舊喜沐恩膏鴻漸應知借羽毛投老復欣歌
盛事廣筵開處閶風高其二百五十八
迨迨瀚海已無波烽火全銷喜氣多臣是武階叨
豢養鐃歌譜作太平歌其二百五十九
碧霄
賜宴正新年南極光華耀九天筦庫蒙

恩彌忭舞祝
皇壽算永綿延 其二百六十

萬年天子握乾符耆碩盈朝自古無少小執弓慙已老
也叨醉飽大官厨 其二百六十一

霞觴不羨紫鸞銜酺飲渾忘禮法嚴宿衛從今添
盛事名隨仙侶紀瓊函 其二百六十二

雪殘鳷鵲曉猶寒張宴宮庭在鎬歡羣老席中新
寵命嚴更署裏舊材官 其二百六十三

昳蕩春風
景運門玉階千叟拜瓊尊向榮竊喜同葵藿湛露晞陽盡
主恩其二百六十四
軒帝東園集鳳麟每從仙蹕豫芳辰廣廷日永開瑶宴海屋籌添奉
聖人其二百六十五
卷甲弢弓淑氣多春風燕喜醉顔酡年年欵塞共

球集化雨常清瀚海波其二百六十六

椒花泛酒入新春淑氣氤氳仰大鈞

聖主廣開仁壽域世蒙培養及微臣

旗鼓功成解鐵衣碧雞坊下凱歌歸太平宿衛今

年老猶沐

皇慈宴紫闈其二百六十八

上苑行宮覲

玉輿忽教親切宴丹除歸來傳語番休者坐久

天顔健有餘其二百六十九

獻酬曾賦及彤弓顧盼猶誇矍鑠翁載籍總無今

異數步兵老坐

御筵中其二百七十

翠釜晶盤下

玉除

恩周親衛總

君餘還思紫塞霜風夜桐乳分頒小拂廬其二百七十一

三楚樓船上沅湘僕姑猶得挫跳梁歸來禁衛櫜

盧矢老至

宸居捧淥觴 其二百七十二

行間久次列貔貅

賜宴教隨鵠鷺儔滿酌蒲萄浮玉斝却慙涓滴未能酬

其二百七十三

曉來千叟集

皇扃白髮齊教醉酥醲藉手稱觴爭介壽南山未足比

堯齡（其二百七十四）
旨酒嘉肴得未曾蟠桃還許裹紅綾仰承
君貺如山重宿衛徵員恐不勝（其二百七十五）
種杏多時侍
紫庭肪芝煎朮養生經願從磊落長松下十尺如人
獻茯苓（其二百七十六）
紫塞龍旗卷朔風獻俘獻馘憶從戎今朝華髮
璇庭宴依約當年氣似虹（其二百七十七）

金華思樂布洪慈七萃隨班燕

赤墀六十餘年俱飽德從今晚藿愧含滋其二百七十八

充溢圜方設膳羞慶筵竟得逮兠鍪奉宸武衛皆

郎將臣老霑

恩玉砌頭其二百七十九

一軍鐃吹度禺山鸁得司勲賞罸瘢久治不忘思

猛士大烹却許養哀顔其二百八十

朱旗南指靖殊方歷歷昆州舊戰場今日

皇闈霑醉飽壯心猶在鬢如霜 其二百八十一

瓊漿醉飲飽猩唇欲譜新聲進

聖人對境未能歌白雪只知滿目是陽春 其二百八十二

凡材敢說備干城一爵

頒來曠代榮不重官班惟尚齒普天耆老戴

皇情 其二百八十三

賞功舊自五雲天養老今登百福筵

聖澤寰瀛皆饜飫微臣尤覺荷恩偏 其二百八十四

憶隨橫海掃欃槍五戰歸來髩有霜憑仗

天和還健在萬年筵上獻春觴其二百八十五

塞月邊笳靜綵旄飛章奏捷薏珠高喜從外地叨

中壘更錫三漿儷四膏其二百八十六

荊門蜀道昔摧鋒金帛旌勞抵景鍾薄海歡娛多

歲月

天容華茂似春松其二百八十七

千牛左右衛中身豹騎從戎憶幾春閒散忽零

露湑重欣小草向榮新其二百八十八

春日春臺

御宴開恩霑老圃捧

堯杯自慙瑞荚生庭際不是人功灌得來其二百八十九

從獵長楊幸有年射生常傍

玉輿前春風

祕殿頒仙饌不羡西都賦割鮮其二百九十

十載邊庭少壯時蕩平歲久樂雍熙頽齡已許安

耕鑿廣宴重教拜

聖慈其二百九十一

花飛六出瑞元辰共浹

皇歡大地春徵末官階多慶幸白鵰如雪忝章身其二百九十二

新年耆舊飽

天廚雪色觚稜入畫圖千叟齊聲呼

萬歲須知即此是蓬壺其二百九十三

浩蕩陽和不計春又逢
恩宴及微臣椒花共醉延齡酒玉陛長開蓂莢新其二百九十四

每司魚鑰候晨昏常得瞻雲覲
至尊今日白頭承寵渥
大廷開宴及春溫其二百九十五

雲開閶闔曉風清佳氣葱蘢識太平蓬島宴餘齊
介壽徹天高唱是嵩聲其二百九十六

千金坡動戰聲雄彭蠡湖衝鬬艦風奏捷

賜茶裨將裏引年醉酒秀耆中其二百九十七

百人高會誌明廷五老來遊說瑞星爭似

堯樽分壽酒盈千鶴髮獻松齡其二百九十八

洞開閶闔覲

垂裳春色融怡化日長駑劣久慙當隊率更陪嘉讌慶

明良其二百九十九

錦服朱顏霜鬢皤兩行分引入天阿小臣翻出齊

天樂一和

軒庭鸞鳳歌其三百

班聯後綴是期門分護巖除在禁垣幸得耆年同

愷宴傾聆

温語拜殊恩其三百一

蒲柳微姿際盛時禁林欣覩萬年枝

皇恩尚齒收畀秩眷賸容持沆瀣巵其三百二

雕壺璚露自

天斟渥澤弘霑到羽林願祝松椿長近日園葵無限向
陽心 其三百三
光風淑氣滿春城觴豆雍容樂太平戟手中黃懃
下士也隨國叟被
恩榮 其三百四
圜壇帖妥展郊禋肥腯年年預薦陳司牧霑恩何
以報如天
聖壽邁皇春 其三百五

尊俎謀猷愧折衝曾隨旗鼓一摧鋒而今豈樂那
居日三壽朋中許拄節 其三百六

寵逮耆齡

賜醼均中天日麗歲華新長生酒盞長春節玉陛前頭
拜

聖人 其三百七
如雲錯繡總龍媒兒齒童顏
錫宴回駉駜頌葡原並作好歌胥樂繼斯才 其三百八

九重春暖紫霞杯雪鬢耆臣赴宴來慙愧末僚推馬
齒親承
寵命許追陪 其三百九

供奉承明廿載餘頭銜叨屬大鴻臚臨模漢殿芝
英狀篆刻金天鸞鳳書 其三百十

司帰年多白髮鬖幸陪春宴飫肥甘願酬
聖主無疆壽萬倍臣齡七十三 其三百十一

觀象璣衡七政聯新正令日侍瑤筵共欣四序陰

陽順

寶歷康熙紀萬年其三百十二

觀魚嘗奉

預遊歡此日

天家飽鱠殘竭澤未嘗施網罟

至人道德作綸竿其三百十三

若耶赤質效精良鑄罷洪鑪

賜玉槩仰服

聖功鎔萬物剛柔妙用協陰陽 其三百十四

弘開壽域萬方同

盛典先霑鶴髮翁顧向金吾仙仗裏年年長拂

舜薰風 其三百十五

玉斝金波叩首嘗錦衣陛楯白頭郎

帝廷和氣盈寰宇鹵簿先開日月光 其三百十六

少壯登朝補黑衣漢庭執戟七旬稀今蒙

賜宴芙蓉闕湛露高歌放仗歸 其三百十七

班資曾忝號登仙況厠瑤階沐
御筵
聖主好生和氣浹治成刑措萬斯年 其三百十八
壽世臣僚多壽考盈庭鶴骨與松身流歡禮食埀
天慶寧羨雎陽社裏人 其三百十九
獻年齊拜殿南頭五色雲華映鳳樓千叟合齡八
萬歲大椿分占五春秋 其三百二十

卷二

欽定四庫全書

御定千叟宴詩卷三 計詩三百二十首

夙領朝行第一班今朝重得覲

天顔醉來矍鑠誰知老舊

賜雕弓尚可彎 其一

榷茶奉使到西秦歷陟秋卿播

帝仁退老葵忱長捧日

賜酺蕭露更如春 其二

欽定四庫全書

每從七校引貔貅

三殿今看瑞靄浮旣飽瓊筵齊舞蹈扶携皓首拜

宸旒其三

碧海添來十屋籌蟬聯奕世戴

洪麻兩行鳩杖千巡酒長喜金階瑞氣浮其四

河隄曾記

翠華巡疏瀹弘謨

指授真永慶安瀾皆

聖德哀殘歸老荷洪鈞 其五

筵前衣惹

御爐香一飽能消兩鬢霜親見天珍排歷歷歸誇年少

羽林郎 其六

穹廬毳幕塞雲高列爵藩封未有勞今日

皇家傳賜宴遠臣年老沐

恩膏 其七

柳營歲歲祝三多刁斗無聲永戢戈欲識太平真

氣象涷棃顏上酒痕酡其八

半月黄光照

帝宸莫誇五老化尭人蘆花髩髮桃花靣都是流星入

昴身其九

每從除道仰

天顔先後雞翹豹尾間六十年來需雨露今朝又喜

特恩頒其十

兵欄射觀奉

帷軒曉月疎星侍
殿門衰白得逢嘉燕禮滿朝耆碩拜
綸溫其十一
花名稱意樹恒春蒸綠繰紅暎
紫宸欲寫葵心長向日萬年枝畔託松筠其十二
華樽瀲灩泛天波
詔坐穹隆白玉坡鵷鷺貔貅同拜賜一時齊獻九如歌其十三

豹衛叨榮侍
帝軒還思壯歲定龍番竹雞聲裏鑾風黑鑿井耕田仰
聖恩 其十四

瑞雪豐年旭旦時明光殿上捧瑶卮選徒訓卒曾
分職又向金階拜
聖慈 其十五

壯年宿衛藥珠宮白首欣逢
御宴同四海春來歌化日千官殿上樂春風 其十六

頻年侍直羽林班此日　叨陪宴賞閒沐浴
深恩恩似海賡歌
萬壽壽如山 其十七

御試承恩十八年校書對策玉階前耆齡得預
天家賜拜手賡歌湛露篇 其十八

樗散慙分若木枝奉恩官秩荷
恩私二毛燕上叨前列重覲
明堂天揖儀 其十九

豹韜裨末愧刀韉天酒今朝醉大羅還憶佛臺山
下路攀枝花裏唱鐃歌其二十
屯營舊長熊羆士內殿叨隨鵷鷺班
堯酒千鍾傾北斗
軒齡萬歲頌南山其二十一
未成童歲侍
明廷六十年來給使令總荷
帝慈容朽質更頒仙醴制頹齡其二十二

白雪黃芽暖玉爐溫溫寶鼎上清珠争如
天賜長生米一飯能教澤達膚其二十三

水瑩雯華似鏡湛雕文纖悉見工心願言輔佐丹
青手潤色鴻猷
帝業深其二十四

久親箭笴握鞭梢何幸隨班飫
御庖割肉更存珍重意懷歸應不怕人嘲其二十五

力戰當年勇冠軍將屯還識鴈門雲老逢宴衎來

丹地不羨黃柑出紫帉其二十六

出從金輿入侍中穿楊親見發唐弓不知頭髩如霜白

恩許酡顏對日紅其二十七

聖歷綿長萬萬春椒花柏葉應時新侍臣舊視

鑾坡草今日重嘗

御苑珍其二十八

班行自昔隸雲麾汜埽常瞻日月旗安宅八荒皆

睿算老兵惟頌
帝無為其二十九
　驕頭列席接
天襟笑語親承
帝澤深
陛下鴻名千萬壽薰風長滿五絃琴其三十
御席論年貴賤同魚魚冠劍列西東側聞獻雉供獒國
　盡在春臺壽域中其三十一

箴石方從外國傳得緣麤術荷

恩偏精繆衣馬常蒙

賜暮齒還敎列

御筵其三十二

羲昊乾坤化日舒恩涵飛鳥及潛魚王吳壁上人

天像若比

熙朝總不如其三十三

竊叨世祿幾星霜仙饌榮分玉液香願以宴中千

叟壽還加萬倍奉
君王（其三十四）
鐵寒蓬裏舊征衣歲月侵尋過古稀喜預引年
金殿宴黃封綠酒拜
恩歸（其三十五）
内府叨榮頒護軍行間頻許展微勤不知北斗容
斟酌親挹天漿在五雲（其三十六）
龐眉鼓腹飽

天廚會際昌期樂事俱春滿乾坤人盡壽宴歸鳩杖不須扶其三十七

行師兩得荷旌麾幕府論功上赤墀皓首追陪耆叟宴頌

恩擬獻蓼蕭詩其三十八

列校班中護紫微白頭今日有光輝堯廚春酒年年緑

詔許人人盡量歸其三十九

天家養老典方隆末校觀光壽域中景運正逢熙皥
日九衢强半白頭翁 其四十
熊虎班中老歲華劍霜弓月眼生花今朝一飽胡
麻飯從此長年願更奢 其四十一
壯年躍馬老扶筇忽聽傳宣自
九重春殿許陪千叟宴支離何啻受三鍾 其四十二
軍容備職愧如熊幸值昇平
聖治隆垂老論年逢

錫宴願同萬姓祝年豐其四十三

璿璣七政燦珠聯玉漏銅儀

帝手傳列曜齊輝風雨正萬巡花甲又週天其四十四

新春雨露沐

恩徧日暖彤墀列玳筵四海兵銷無一事從今擊壤自

年年其四十五

七政咸齊四序調管窺長得近

丹霄又隨千叟霑

恩渥

寶歷無疆賀聖朝 其四十六

新春泰運轉三陽共沐

殊恩酒滿觴游徼雖無文字職願將華祝頌陶唐 其四十七

玉盌瓊漿次第傳不論品秩重高年鐵衣小校忘

身賤也向春風飽

御筵 其四十八

閩江陣馬聽蕭蕭歸列期門學射雕得享遐齡皆

帝力又叨法膳出層霄其四十九

壽世寧人

帝勑幾皇天平格勿能違席間七十人盈百敢道臣年

自古稀其五十

童顏鶴髮盡長年

内殿初開列綺筵不著重犀隨鷺序承

恩醉酒舞階前其五十一

秘色繁枝點綴工四時芳潤在東風應攜五絲催

花筆剪刻蟠桃照

殿紅（其五十二）

竊祿叨榮隸羽林櫜戈久戴

主恩深生平三見從軍樂老去惟傾葵藿心（其五十三）

憶得從禽水殿過鳧鷺下逮接恩波殷勤養老開

嘉讌澤比春潮覺更多（其五十四）

肅將雲騎護

瑶宮挾纊長依化日融

天澤春來尤浩蕩咸沾瑞露五雲中其五十五

疊鼓中流從羽旗長年小校荷
仁私更緣
錫宴宮廷日轉憶
頒禽帳殿時其五十六

身領銅街緣警曙手持銀棨待開閶青陽昨夜回
閶闔白首今朝宴
紫宸其五十七

風雲時扈

六龍來雨露還承

萬壽杯欲以詩篇歌盛遇武臣終愧柏梁才其五十八

霜戈星劒下長沙振旅還歸幾歲華年老特容陪

讌賞延齡仙粒勝胡麻其五十九

御宿街邊老荷戈

賜𢌿春殿沐

恩波歸來日午千廬靜但覺和風撲面多其六十

崇年觴酒玉壺斟閶闔晨開

聖主臨灌燧銷鋒無一事丹葵只有向陽心其六十一

壬寅重紀

帝符昌春酒春盤出尚方三接眷深承舊澤喜逢元會

慶

當陽其六十二

芳林瓊砌慶昇平振羽調吭滿玉京同在萬年

恩澤裏象生生象並欣榮其六十三

欽定四庫全書

御定千叟宴詩

十二

勅春朝淑景開
恩教玉殿酌金罍就中小校歡無極捧得蟠桃一顆回其六十四
從龍家世羽林軍報
國懃無尺寸勲尚藹筵開春日暖萬年長奉
聖明君其六十五
紫禁煙濃晝漏遲引年春酒荷
皇慈退閑偏將身猶健拜手恩賡喜起詩其六十六

方罫差池幾點星常新一著壽千齡筆談億萬無
窮數願與
君王紀瑞蓂其六十七
分朋走馬臂蒼鷹趫捷曾誇慶忌能此日
天杯榮暮齒頓令壯志欲騫騰其六十八
胄懸霜翎佩雕弧老健猶思效走趨直衛久塵雲
列騎
賜筵還飫大官厨其六十九

少小兜鍪隸禁營羽書傳發署臣名年多猶是叨
恩遇舞蹈筵前祝嘏聲其七十
宿衛
宮廷愧菲材曾隨撻伐度龍堆今朝玉斝霑仙液交
泰歡聲
玉陛來其七十一
曾向陪京佐大農又持玉節涖秦封衰年濫廁
仙墀宴天上榮霑賜酒濃其七十二

會龢風雨九重城輯睦營屯罕質成高宴蕋宮延
白叟頌颸聲是普天聲其七十三
周廬曾忝備勾陳
賜宴傳呼入
紫宸鵷鷺雪消寒不覺泳游
天澤勝陽春其七十四
趨朝常在玉階西從獵還隨萬馬蹄
恩許法宮平墄坐仰看真覺玉繩低其七十五

積歲經行功德林法雲爭比五雲深
至尊親對輿僚坐平等真同持地心其七十六
翻臂名鷹白錦毛決雲千里見秋毫青郊狐兔春
塲濶皓首鵷鷺
御宴高其七十七
九重天上九霞觴得共耆英荷
寵光感激頓忘頭已白還思効力在疆塲其七十八
春雲香靄覆

彤墀瓊宴晨開燦陸離何意散材逢鉅典感

恩思獻萬年詩其七十九

帝子親擎九醞漿老人先捧祝

堯觴鬚眉皓白當晴雪一樣如銀暎

御牀其八十

近塞身依日月光外藩戴

德慶天長

御廚仙饌延年酒不遇

殊恩那得嘗 其八十一

茅殿松軒締構時徵臣板築忝曾司身如鳥鹿遊靈囿一世薰風化雨滋 其八十二

舊賡平土拜冬卿欣預瓊筵飽玉羹何幸投閒逢盛典追陪杖履列乾清 其八十三

揚威絕幕度祁連垂老新恩錫御筵共荷戚時多上壽舒長化日樂堯天 其八十四

披堅執鋭効微勤獵騎常隨金埒雲耆耋喜逢天

上宴謝

恩雀躍舞春曛其八十五

老來恩雨沐

皇穹國子徵員仰德隆無算壽如無算爵萬年詩獻

萬年宮其八十六

家世長依尺五天

主恩養育到耆年白頭更慶遭逢盛親酌

堯樽日月邊其八十七
萬國春生
黼座中樓臺旭日影曈曨誰能寫出金繩界文沈唐
仇並未工其八十八
兩奉
神謨奏凱歌滇池瀚海息鯨波承平樂事逢嘉讌長飫
恩膏飲太和其八十九
旭日初懸瑞雪融彤墀

賜宴荷恩隆徵臣職業期蕃息同在

天家豢養中其九十

六十餘年教育恩欣逢盛典入

宮門何當分食仙廚饌賜坐氍毹

詒音溫其九十一

聖朝海外亦同文歌詠

皇仁叶

帝薰職愧象胥還就日祥占太史早書雲其九十二

曈曨曉日照宮槐千叟駢肩赴宴來皓齒龎眉多
國老徵班何幸得追陪 其九十三

春草秋蟲雨露涵幽風氣象接周南近從耕織圖
中見記得如銀滿箔蠶 其九十四

方瞳玉面五行精曾杖青筇坐李庭今日千人環
帝座定知
聖壽過彭鏗 其九十五

上卿班末夙追隨又荷龍光

御宴時猶記兩江蒙
聖澤春臺到處揔龎眉其九十六
久隨
仙仗忝班行湛露霑濡化日長酒向金鑾斟北斗桃
從瑶島獻東方其九十七
金花玉蒂坎離精一寸黄庭寶月明疑是七還龍
虎伏九九天
親錫素麟羮其九十八

章溝承之護天閽中外屏藩奉
至尊千叟添籌逾八萬攝提一紀不須論其九十九
堯階蓂葉又初春風實雲漿錫
紫宸憶自塞垣歌凱後櫜弓戢矢太平人其一百
奏凱歸逢
錫宴榮仰承
睿筭喜功成龎眉欲效鐃歌曲繞殿羣呼
萬歲聲其一百一

曾從柏府仰

皇恩又宴楓宸捧綠尊

溫語霽顏天咫尺千官同樂壽乾坤其一百二

分輝卿月舊隨班垂老蒙休白髮閑更坐瓊筵霄

漢上榮光咫尺近

天顏其一百三

氛清六幕際昌時榮醼蓬壺雪鬢垂典領久慙無

報稱歛和長詠萬年枝其一百四

曈曨初日照罘罳

金殿開筵荷

聖慈親見瑶階春色早三霄露浥九莖芝 其一百五

萬八千年紀攝提壽人得壽見天倪莊周未遇

今皇聖謾道期頤是大齊 其一百六

宫庭

賜宴雪晴時數溢千官盡白髭最是小臣榮幸處徼名

亦荷

九重知其一百七

琱戈曾荷向邊隅整旅還巡十二衢

壽世春和歡讌洽太平歌詠在蓬壺其一百八

曾歌同澤羽林兵

聖德如天達下情末職自慚徒老大

御筵何幸伴公卿其一百九

墨沼飛香百態新寶蹟虛實象星辰

禁中傳得中郎法椒壁微痕雨露春其一百十

春來天上賁

絲綸千叟筵開列五宰共戴堯仁同舞蹈齊呼

萬歲向楓宸其一百十一

兩隊眉龐與齒齯貫魚連袂互扶携

絳霄風影燈旛動引到方壺最上梯其一百十二

職叨參領愧鷹揚荷戟頻依

帳殿旁壽酒欣分僊掌露春袍新染

御爐香其一百十三

叨司玉粒奉
堯廚賜酒龍墀
聖澤敷仰食大官人五百吾
君恭儉古來無其一百十四
日華高朗敞
金門龍尾
恩傳
賜席墩朱桌黄帷陳設處小臣今始見犧尊其一百十五

壽國春臺樂賜酺曾司芻秣綰銅符
聖皇崇老開天宴扶杖欣隨
玉陛趨 其一百十六

早傳
天綍宴芳春世職叨容侍
玉宸咫尺
霽顔瞻有喜好將靈荚紀靈椿 其一百十七

春光徵逗上林花翠葆亭童煥九葩

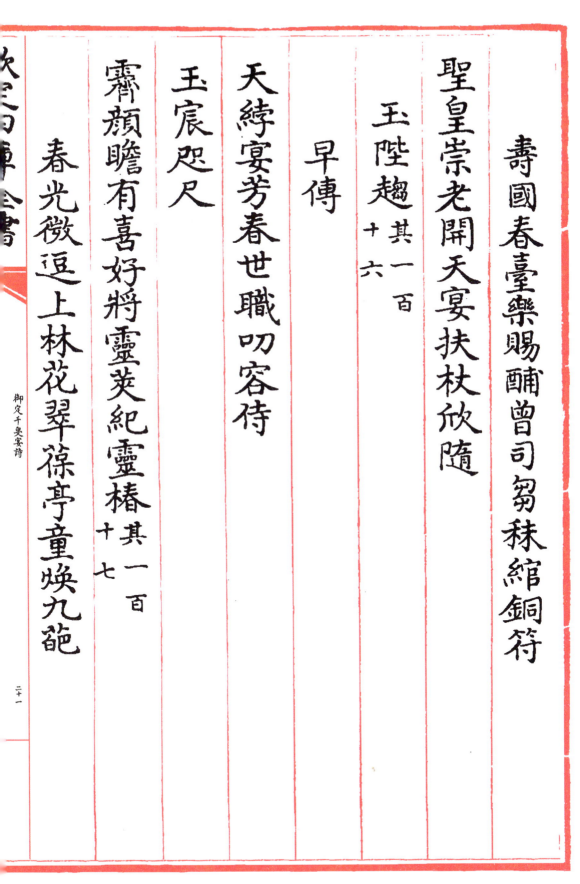

紫禁共餐雲子飯
天家風日似仙家其一百十八
九天恩澤浩無涯優老筵開禮數加戴德真同金
石永家藏
賜硯寶松花其一百十九
當年鹵簿掌隆儀
玉殿今逢宴賞時長喜
宸遊清問遠閭閻民隱

聖人知其一百二十

盈庭百職矢忠清宴鎬懽娛起頌聲

聖主知人兼善任千秋萬歲樂昇平其一百二十一

櫜鞬猶記守三巴餘齒安閑老歲華舉釂

賜巵唯叩首吾

皇寶歷勝恒沙其一百二十二

細柳長楊到處從老來猶忝備軍容八屯榮宴陪

千叟

萬歲歡聲達

九重其一百二十三

三代持籌佐玉衡白頭欣共沐

恩榮從容燕語民生計盡職修和答

聖明其一百二十四

需雲豐澤下

巖廊仙膳珍羞出

尚方竊祿小臣仍世寵敢忘懋賞在司常其一百二十五

玉沼浮鵞對

御書萬幾清暇染毫初限生不愛元和脚竊取

天文點畫餘 其一百二十六

從師曾記到滇南三十年來雨露涵老校宴歸談

往事蠻鄉風月舊來譜 其一百二十七

曾馳鐵馬荷金戈老預新筵拜

賜多霑飫八珍

天咫尺蟠桃親捧下

鑾坡 其一百二十八

偏裨六詔効微勞瓊席天漿豈易叨滿酌雄羹歌
保定嵩高未抵
主恩高 其一百二十九
文昌省下握蘭香
丹詔開筵近
御牀
聖世恩膏濃雨露歡呼忘却鬢如霜 其一百三十

引年高宴傍

宸階鳩杖龎眉取次排臣荷

寵光傳奕葉還叨千叟作朋儕其一百三十一

欣從歲首荷

恩新和氣都成浩蕩春比戸蒙休安作息萬方耕鑿盡

堯民其一百三十二

親從絕徼暢

皇風氛寑看消壽域中仙鼎賜來調六膳蓼蕭湛露滿

瑤宮 其一百三十三

曾從洱海振兵還烽燧無聞禁旅閑宴啟元春歌

萬壽歡聲雷動祝南山 其一百三十四

東風淑氣轉

彤廷天仗車旗一色青最是新年多瑞應紫微垣聚

老人星 其一百三十五

畫省蘭臺荷九遷春官分任愧高賢臣今花甲方

重數已戴

君恩六十年其一百三十六

旭日曈曨

御宴開近隨仙侶集蓬萊蕭踈白髮依星署願取南山

進壽杯其一百三十七

班隨貔虎近

天威十二星辰傍紫微憶得滇黔平定日櫜鞬歸路有

光輝其一百三十八

王師蕩逆載西征賷砲曾來細柳營為要春光生

絶域特敎雷火掃妖鯨其一百三十九

六師洱海靖鯨波三箭天山奏凱歌窮北極南歸

版宇小臣胥忝執干戈其一百四十

聖恩常與歲俱新宴賞而今逮小臣朱紫班中飄墨綬

始知仙令出風塵其一百四十一

干叟雍容

殿陛趨上珍絡繹出

天厨郎官鱠味嘗應遍誰似

恩榮禮數殊其一百四十二

筵羅千叟古來稀七品寧孀爵秩微此日拜嘉

丹鳳闕年年長侍

衮龍衣其一百四十三

鹵簿高陳

玉殿東繽紛霞綺暎來紅香飄繡繖春風轉億萬斯

年霞被同其一百四十四

從龍支系世承

恩禄養年深長子孫又向
釣臺叅識會春光融盡鬢霜痕其一百四十五
掩暎花光接
上林殷紅濃綠曉雲深新蒲如筆春常好圖取
堯階向日心其一百四十六
日宮雲陛對
宸顔次第雕盤玉饌頒優老
德音敎序蕊官班令日是仙班其一百四十七

羽書昔日發燕支驛使牙符實所司官歷户曹容
解印年登杖國宴
丹墀其一百四十八
小臣官職濫廷平稔識
皇心最好生但看登中
天府册便知
聖壽比長庚其一百四十九
少佩吳鈎作騎兵晚叨郎署被光榮麤才文武俱

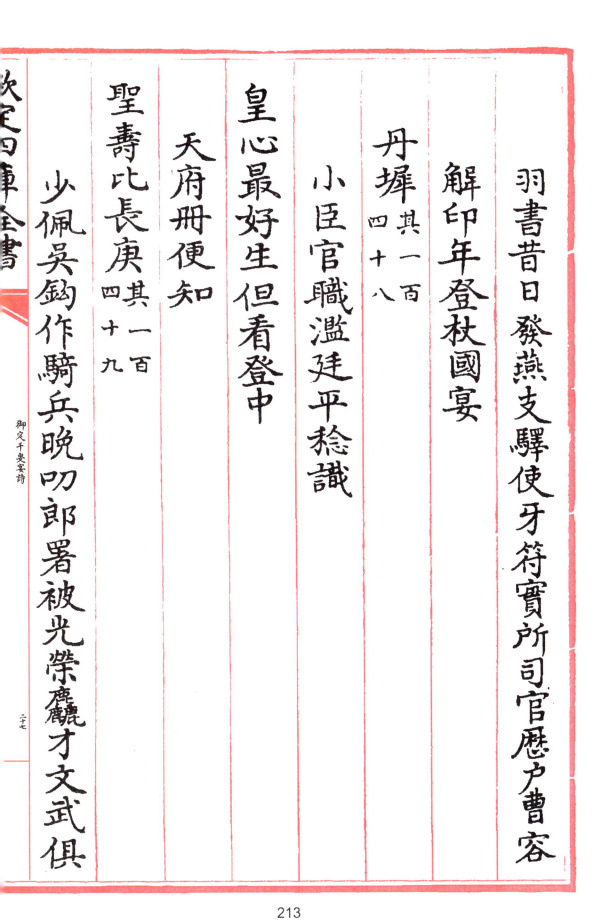

無補老荷

君王賜兕觥其一百五十

曹佐書司最末僚每瞻郎位在雲霄誰知暮齒承

恩澤直並夔龍祝

帝堯其一百五十一

城頭旦暮聽啼烏羨爾來從

帝苑梧今日

殿墀霑

聖膳却如鸞鳳啄瓊葵其一百五十二
裝飾天閑駕上襄雕鞍銀鐙有榮光備負小技年
空老也得沾恩
御座傍其一百五十三
壽星高傍紫微明照耀
天庖瀉玉觥共道
聖明崇耄耋不嫌筦庫廁公卿其一百五十四
儉德先從宮府求

御厨淡泊見詒謀
宸衷自喜留淳樸一膳常為四海籌其一百五十五
曾紆墨綬課農桑解組優閑化日長民牧愧無三
異政
天恩許奉萬年觴其一百五十六
鞭鳴樂作
御爐香翻履星羅夜未央曾伴糾儀當柱立引年今日
醉春觴其一百五十七

天門曉啟集朝紳尚齒筵中廁小臣浩蕩
恩波真未有九衢人樂太平春 其一百五十八

延賞榮施累世沾戎行勇試寶刀銛計年今已逾
花甲一飽
瓊筵力倍添 其一百五十九

白石蓮花列滿墀恍疑身已到金池
皇齡佛壽同無量只為
皇心似佛慈 其一百六十

乍轉春韶正雪晴堯樽羣捧拜

恩榮伍符尺籍臣兼掌向日葵傾比寸誠其一百六十一

玉砌初抽兩葉蓂露溥仙掌曉亭亭小臣竊比堯

階草

帝澤霑濡色倍青其一百六十二

奕葉承

歷已積年臣今皓首預瓊筵真仙壽世同天地不數靈

椿歲八千其一百六十三

玉階金殿勝仙臺拜
賜流霞盡一杯人世不知
天上事耆年身到絳霄來其一百六十四

錫宴今朝荷
寵光微臣職忝列戎行太平一統烽煙靖兵氣全銷
聖祚長其一百六十五

滇池沙塞旆飛揚虎旅追隨髩已霜幸值那居賡
樂愷躋堂願進

萬年觴其一百六十六
書生何幸列華裀燕饗
殊榮並老臣五色雲中仙侶集相看滿座白鬚人其一百六十七
赫濯聲靈八表宣功成燕喜會高年武臣未解謳
吟事但願
君王壽比天其一百六十八
躬圭世秩荷

朝恩曾捧

奎章耀華門千叟髙呼春宴日榮光壽氣滿乾坤其一百六十九

班聯濟濟互扶鳩下逮偏裨禮數優説與膠西諸

甲士一齊虎拜望

龍樓其一百七十

為丞朝夕喜哦松職隸郊畿近

九重宴列

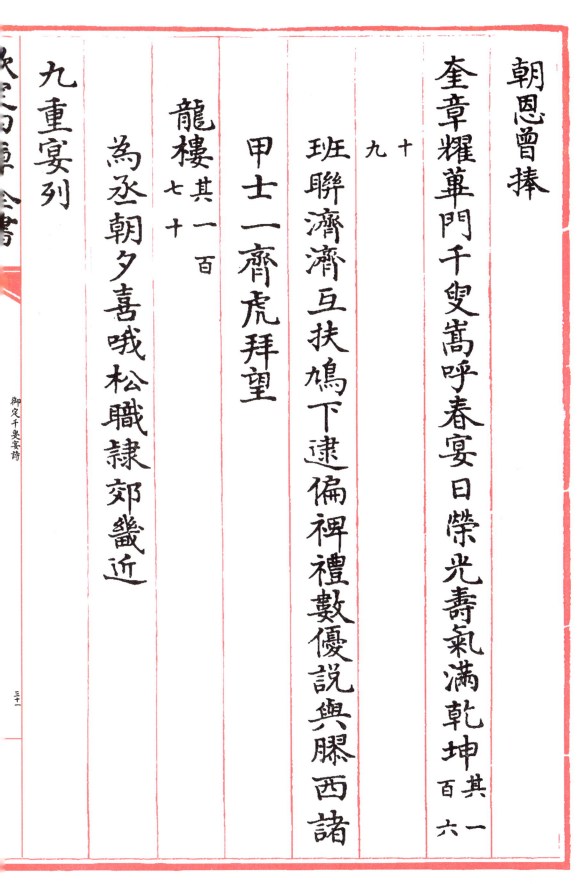

彤庭春晝永三多華祝慶時雍其一百七十一

綠文鞘飾粲紅茵燕衎分為虎帳春從此

禁營長有喜光輝南極照鈎陳其一百七十二

仙桃馥郁自

皇家競挂歸鞍出日華珍味已邀

天府惠延年不羨棗如瓜其一百七十三

十載供書紫閣中每逢

綸誥似春風令朝喜荷

瓊筵賜一點歡心萬國同其一百七十四

紫綍宣來躡紫煙執殳曾是到慈天千花蔵裏傳三

捷百福筵中頌

萬年其一百七十五

聖朝養老宴乾清廣廈華筵列大烹延賞久叨供世職

酬恩惟祝

帝長生其一百七十六

湛恩直似海天涵列席

宮庭白髮鬖久忝荷戈年已老鼎鼐妙味亦分甘其一百七十七

履端高宴賀昇平萬國同文久偃兵欲試鞱鈐繩
祖武清時不用請長纓其一百七十八

天馬權奇領六閑璇階綴列五雲間辛盤喜預令
朝宴坐次爭推鬢髮斑其一百七十九

後天不老慶
天齡鶴髮鵷班聚紫庭

聖化協中空貫索弧南黃氣但占丁其一百八十

寶歷周環日更長玉壺蓮漏好時光技能遠愧張平子曉箭聲中忝奉觴其一百八十一

釦砌新陳玳瑁筵恩霑既醉誦詩篇金盤捧出銀絲鱠願兆多魚慶有年其一百八十二

盈頭華髮愧鷹揚脯撛麒麟讌未央南極一星瞻壽主還期萬載荷龍光其一百八十三

國恩延賞舊攀鱗
御膳分調及庶臣從此年年增盛典
宮筵華祝始壬寅其一百八十四
屬國西陲世享王元正來奉紫霞觴大酺漢詔尋
常事那比
彤廷侍
聖皇其一百八十五
學讀甘公太史書歲華已老惜居諸

天珍不比常珍味日月升恒頌九如其一百八十六

龐眉鶴髮會

彤廷合計春秋十萬齡盡把年華添

聖壽還如涓滴到滄溟其一百八十七

部曲承

恩玉陛前太和佳氣早春天堯廚萐脯頒瓊膳共慶含

哺鼓腹年其一百八十八

盤列椒馨淑氣融校年曠典聚羣工喜占大有先

三輔拜舞臣偕父老同其一百八十九

卿雲糺縵景星明廣宴春開荷

聖情皓首自慙榮幸極也躋

丹陛祝長生其一百九十

期門小隊扈長楊猶記滇池荷斧新海宇承平歌

壽愷九霄南極正垂光其一百九十一

高山疊疊水溶溶萬里春風紫翠重不用將軍還

著色分明寫出

聖恩濃（其一百九十二）

王師頻奏凱歌聲萬里烽烟一戰清組甲晶熒叨宿衛

老霑

御宴有餘榮（其一百九十三）

八荒奉朔盡來王重驛梯航集卉裳為報

聖朝閑壽域萬年紅日上扶桑（其一百九十四）

靈臺占驗太平年日月光華歷數綿何幸微臣緣

序齒

彤廷環祝

聖人前其一百九十五

流傳素問自軒轅

聖主如天妙不言玉饌金漿分

賜處九重春色萬年暄其一百九十六

分轄熊羆夙荷榮年來白髮已千莖閒居喜預金

門宴却老同霑

玉殿羹其一百九十七

昨聽鐃歌奏凱歸千官燕賞霽

天威龍樓日暖傳三爵虎旅聲歡徹九園 其一百九十八

曾奉桓圭拱

帝京還叨宴賚預宗盟金貂列坐承

恩徧喜效呼嵩第一聲 其一百九十九

纖心推測契元微罝縶懸規八表齊捧日

丹墀瞻

帝座流沙咫尺玉衡低 其二百

琳瑯新製寶筵開翠羽金膏異域來捧祝遐齡千萬壽不須王母紫霞杯 其二百一

桃華萬匹錦成堆曾掌天閑詠馬才大宛於今為牧苑不教樂府奏龍媒 其二百二

華髮盈頭已有年樗材每荷主恩偏婆娑得預蓬池會丹籍須教署散仙 其二百三

游豫馳驅日月長朱顏白髮羽林郎一從玉殿頒觴後畫戟琱戈帶寵光 其二百四

易蘊精微那易尋
聖心久已契高深小臣積歲承
天訓欲學堯夫自在吟其二百五
樗櫟欣同百尺松引年亦得覲
山龍春膏徧布陽和令未抵親霑雨露濃其二百六
宴餘傳嘆及詞曹獻壽羣依
御榻高親聽
綸言宵旰事萬方安樂

一人勞其二百七

行軍荆楚憶當年謝事閒身雪滿顛

聖主乘春親養老飽嘗玉饌總甘鮮其二百八

官卑職小愧年尊鶴髮銜杯傍

帝閣一臠攜歸分子姪叮嚀世世報

皇恩其二百九

答陽

聖帝壽昌躬坐讌盈千玉杖翁便是三山五天竺應知

勝事不能同其二百十

八琅相倚奏歌成盡是天長地久聲百獸樽前知

率舞簫韶第一舞

堯蓂其二百十一

干羽曾聞格有苗我

皇威德邁前朝材官牙將叨

恩庇侍宴從容傍九霄其二百十二

弓開月滿歛冲星侍獵從戎憶壯齡老去寵陪千叟宴

頒來味勝五侯鯖 其二百十三
曾陪五馬行春去更上重霄赴宴來
聖世風光隨處好彩雲堆裏是蓬萊 其二百十四
憶從振凱歲華添何幸
堯眉得拜瞻末枝自知無報稱佩刀長瑩鸊鵜銛 其二百十五
觚稜金闕會千官新奉
恩綸賜

御餐禁旅微臣年老大也陪春讌五雲端其二百十六

拜嘉

勑免人離席

宣訓恩敎聽近前

聖主引年千萬禩柏梁賡和自年年其二百十七

上日千官宴玉扆皤皤黃髮沐

恩均微臣亦忝鴛班末來祝

璇圖億萬春其二百十八

皇城筦鑰伺晨昏禄食虛糜列九門何幸燕毛唯序

齒五雲高處仰

堯樽 其二百十九

曉日晴摇赤羽旗昇平真見泰交時皋比包甲來

叅讌虎拜還賡

萬壽詩 其二百二十

春風初展玉階蓂宴錫高年

御餼馨自愧徽員空白首也隨耆碩侍

彤庭其二百二十一

丹墀扶杖步從容皓首欣霑湛露濃醉飽都忘

宮漏永隔花頻聽自鳴鐘其二百二十二

民部司分荷阜成

天恩優渥錫殊榮弘開壽域滋蕃廡衢祝年年喜載賡其二百二十三

肆筵丹禁捧瓊卮耆老同賡湛露詩束髮從戎叨

世職欣看干羽兩階時其二百二十四

律轉青陽萬象新三霄瑞露表壬寅義和叨沐
堯樽賜歷紀重頒第一春其二百二十五
壯志猶存拊劒鐔精强不比在滇南今朝矍鑠渾
忘老只為親嘗
御饌甘其二百二十六
靈夔雕鶚唱鐃歌蘭錡
恩光歲月多何幸親承魚藻詠更同吉士賦卷阿其二百二十七

金闕和風開五日玉階瑞雪暎千官豸衣侍宴三呼
祝
鳳扆當春萬國歡其二百二十八
早晴雪素暎雲紅譯館微臣拜舞同虔向
恩筵歌壽愷光華
龍衮日方中其二百二十九
一曲泠泠清復圓敢言雅奏得師傳梧桐阿閣生
新綠處處薰風仰

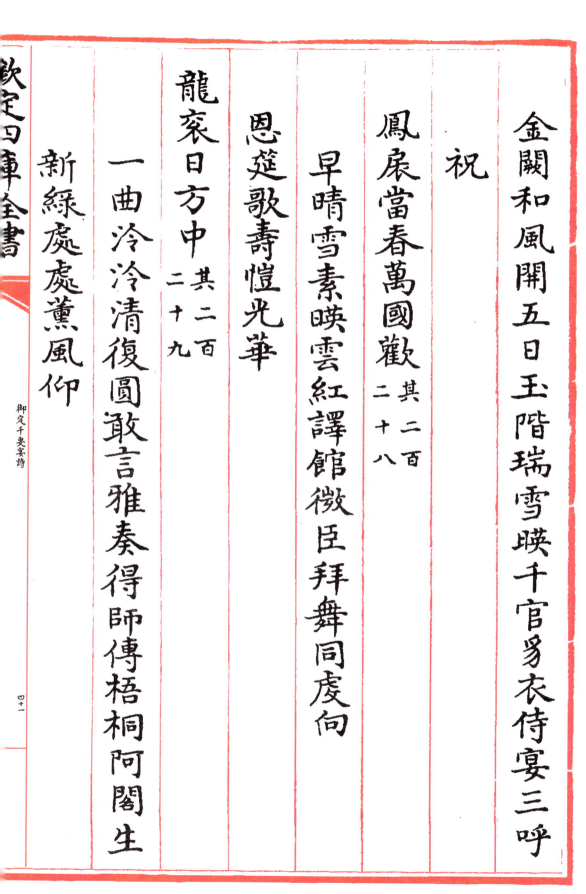

舜絃 其二百三十

萬戶千門報好春閭司無事樂同民何期東序陪

三老無得

天肴餞八珍 其二百三十一

朔塞南甌歷暑寒長年餞宴對

金鑾筵前湛露沾鮐背坐上春風聚鶡冠 其二百三十二

歡聲喜氣滿天街尚老筵從

紫禁排末校從征經黑水元正錫宴到瓊階 其二百三十三

笙師陳樂奏中和音酒從容燕樂多採得伶倫雙
鳳管吹成動地太平歌其二百三十四

為彪為虎仰
恩光欲報春暉雨露長晝戢雕弓容習禮南山永祝
壽無疆其二百三十五

蓽門甕牖一儒冠老去名銜屬冷官芹茆未曾搴
泮水尊罍親見
賜金鑾其二百三十六

彤墀日暖

御筵張粉署承

恩勸鶴觴一十五星環

紫極百千萬紀樂青陽其二百三十七

梯航欵塞獻琛多九譯春風播太和盛典欣逢

頒宴賞恰聞西域奏鐃歌其二百三十八

晝漏遲遲出瑣闈

鳳墀錫宴被

恩暉靈臺向夕瞻星象南極榮光拱
紫微其二百三十九
神京環衛肅天營馳道頻隨
玉輦行小草微生恒近日更沾春酒到蓬瀛其二百四十
東龍西虎列青冥匡衛文昌拱
紫廷
肄業天官司測象光如半月老人星其二百四十一
皇恩錫宴九天閑軍校歡聲動地來湛露今猶沾虎旅

春風昨已過龍堆 其二百四十二

河清海晏萬斯年葵藿傾心向日邊從此青袍傳盛事選人曾醉聖人前 其二百四十三

特典新恩重大年霜顛雪鬢聚瓊筵閑身不覺龍鍾甚心跡猶依雲漢邊 其二百四十四

日麗三階奏泰平祥開南極五雲明朝天盡是霜髯叟欲唱神仙聚玉京 其二百四十五

九重金殿隔凡塵髣髴羣真會玉宸惟有
聖人乾體健堯眉喜氣靄如春 其二百四十六

金覊羽箭老年華既飽瓊羞健可誇何事綏山輿
瑶水
御筵桃子勝丹砂 其二百四十七

聖朝壽域已弘開重譯梯航萬國來衰老微員逢盛典
願將餘齒報涓埃 其二百四十八

爽鳩掌職白雲司入宴明光出殿遲共喜承

恩無以報年年一晉萬年卮其二百四十九

春到梅花淑景開曈曨初旭照瓊杯凡材亦幸承

天澤湛露沾濡及柏臺其二百五十

咫尺祥光繞

御屏金罍瀲灩醉仙醽

一人坐納無疆慶螭陛前頭祝

萬齡其二百五十一

衝鋒斫陣壯年頻忝是

天朝一世臣俎豆褒忠
宸翰煥箕裘承訓
聖言諄其二百五十二
滿袖爐烟講幄中仙瀛藹藹挹薰風筵前羣效華
封祝
聖壽天長景福崇其二百五十三
飽德無涯醉酒醇一身難以答
高旻願將四海臣民壽萃作

皇躬億萬春其二百五十四

律轉青陽

賜大酺秀眉黃髮盡歡呼割牲執爵傳聞舊千叟為朋

萬古無其二百五十五

虎符頒下自珠璫時泰風清萬里煙分得金盤仙

掌露同登壽域比彭籛其二百五十六

科名早荷

殊恩重編輯令邀

聖訓多從此得隨千叟後
萬年長詠太平歌其二百五十七
月蓂呈瑞日初長玉饌傳來自上方蘭桂和調多
且吉
君臣相悅壽而昌其二百五十八
玉醴金盤耀座隅
賜酺異數自天廚徵臣省識衢樽味曾沐
恩波四紀餘其二百五十九

便蕃雨露溢天潢騶騎雍容入建章自愧凡材稱
國幹同根仙樹歲年長其二百六十
萬年天子慶王春乾健同天振古新
聖德神功歌海宇鐇桃恩宴小臣均其二百六十一
秋粳曾掌桃花米春醑還承竹葉杯願進青精仙
子飯
一人萬歲總三才其二百六十二
各增一歲入新年共祝三多拜

御筵今夜觀星臺上望紫微南極正同躔其二百六十三

吳國朱絲蜀國桐鳳墀獻曲喜春風轉絃欲奏高山調爭比

君恩泰華崇其二百六十四

何因咫尺覲

宸旒禁旅承

恩已白頭擬倩緱笙歌

萬壽漫吹羌笛譜伊州其二百六十五

瑞擁
天門旭日紅蟠桃會裏慶春風盡銷兵氣成佳氣澤
滿金罍玉液中 其二百六十六

皇都分守列京營刁柝無聲奏治平犬馬微勞蒙齒
及歲朝分與大官羹 其二百六十七

丹鳳城開大
賜酺法宮宴老古來無玉階瑞雪晴猶積
萬歲樓前照白鬚 其二百六十八

曾叨郎署愧熊羆又沐
天家雨露施
聖壽原來同日月鳳樓長御紫金巵其二百六十九
瑞現慶雲歌舜日祥開壽域值堯年荷戈執戟金鋪外鼓瑟吹笙玉陛前其二百七十
金殿當春淑氣妍
恩深養老玉杯傳虎賁共識
龍顏喜和霽同於三月天其二百七十一

恩波盤騕一時新也被調鷹扈獵身鵷鷺班中回首望

更無捧爵黑頭人其二百七十二

舊次鸞旂豹尾頭

殊恩今日賜珍羞丹心只在

彤墀上長捧紅雲記海籌其二百七十三

聲價休誇一顧來天閑都是出羣材追風躡電行

何遠直載

皇恩徧八垓其二百七十四

淨於晶玉滑於冰五色琉璃敢擅能

内府久容工在肆

御筵慚與壽為朋其二百七十五

御宴弘開賜玉餐雍雍千叟聚衣冠自慚周禮殤醫賤

白髮叢中備一官其二百七十六

千官濟濟髮如銀

御宴前頭拜

紫宸爐冶陰陽鎔萬象好同造物慶長春其二百七十七

青陽淑氣轉芳椒九陌晴雲擁御橋暫解弓刀条

壽讌長倍儀鳳聽簫韶其二百七十八

摩壘登陴自壯齡頻隨大將掃妖星雷霆威赫開

殊域雨露

恩新拜福庭其二百七十九

翹來鵲尾暎華顛喜上

天家第一筵瀲灧金尊誰勸飲　龍孫鞠䏰玉階前

其二百八十

饔人捧案酒人傳八俎羅珍九醞鮮禁臠內醪能
換骨自然東父可齊年其二百八十一
荷戟彎弓職業微玉壺宣勸受榮輝長年幸飽
天廚饌敢擬東方割肉歸其二百八十二
瑞莢階前日色暄太平無象似羲軒鴻鈞一氣涵
天地首注
恩波到八屯其二百八十三
貔貅何幸列冠裳千叟筵前獻一觴有道

聖人無量壽祥烟深繞
御爐香其二百八十四
律吕雌雄協鳳皇湯誇荀令記宫商瑤池便是令
靈沼瑲號昭華玉府藏其二百八十五
萬方玉食達天衢海貢荆包辨九區何意芳蓬須
耄耋一卮叨沐
聖恩殊其二百八十六
入朝湛露

主恩頻識老筵中備外臣四十八家猶郡縣始知無地
不陽春其二百八十七
日照氍毹晃繡袍
至尊親看引松醪康衢一醉尋常事寄語堯民莫貢高
其二百八十八
寶歷迴環又起元星明南極拱松軒小臣舊列含香
省重整朝衫拜
紫垣其二百八十九

仁壽推恩海宇春太和元氣共陶鈞瑤池翠斝觴
黄耇尚齒班齊典禮新其二百九十
獻歲先沾湛露濃熊羆隊裏氣雍容三陽肇始三
多祝親見卿雲護
九重其二百九十一
仙醴逡巡吸紫瀾春風玉宇不曾寒桃花一實三
千歲願侍
君王萬遍餐其二百九十二

獻歲堯蓂五葉開引年春讌會蓬萊含香數載慚

無補叨醉

天家碧玉杯其二百九十三

九閶佳氣鬱蔥蘢白首

承明宿衛中獻歲

賜酺蒙藎序

禁門上馬禮尤隆其二百九十四

昇平祝史有何功牲醴粢盛總潔豐盛事更逢椒

酒宴穰穰百福自來同其二百九十五

香葴前年奏凱還不忘武備火攻嫺聲連子母轟

騰裏龍電盤旋舞月鬘其二百九十六

相馬多年值紫闈建寅喜遇叶貞元寧知犇舞親

承陛驁驥同霑畜養恩其二百九十七

精盤玉椀昔人誇

聖主還嫌鏤飾華儆作古甆淳朴樣甄陶

深澤到泥沙其二百九十八

碧玉壺中綠醑濃芙蓉闕下拜
恩重功牌曾得邀旌賞袞茲還欣飽
御饔其二百九十九
鐘鳴巧勝蓮花漏候協時分妙自然日午聲聞清
禁裏健行
帝德正如天其三百
日高芝蓋動霓旌鹵簿傳呼
輦路平一朶慶雲呈五色瓊筵開處頌

長生 其三百一

小臣執藝在雕鎪攻錯珍奇幾十秋只以象牙呈
薄技翻因鯢齒拜

宸旒 其三百二

金鏤垂蓮列陣同盖天星月一盤中華林日永牙
籌發萬紀循環算不窮 其三百三

内府朱提備末工歲縻天祿漸成翁昨宵瑞雪盈
丹陛好和銀泥飾紫宫 其三百四

鶴髮蕭疎七十秋却因衰齒到螭頭
御廚玉食榮
君賜官職休慚未入流 其三百五

熙朝景運啟文明隶鐸長看泮水清養老膠庠原古
制未聞
賜宴會耆英 其三百六

三尺長刀雁齒排約身短後舞蠻牌那知劔珮花
迎處繡服逡巡十二階 其三百七

太和元氣透重關靈府虛中守大丹導養不須論
水火嵗豐民富
聖心安其三百八
御筵齊列五辛盤珍餌携歸十樣看部曲九天詢盛事
芙蓉闕下萬人歡其三百九
農祥嵗首驗飛雲八校班中逐五更喜傍
天門霑湛露老年長見泰階平其三百十
芝殿遥開許署銜鑪香馥郁襲朝衫堂廉地近情歡

洽無事斟儀立酒監其三百十一

憶侍齋壇幾度春欽柴薰燎奉嚴禋
萬年曆祚知申命千叟升筵總壽人其三百十二

御宴分甘及老成盈
廷喜氣動神明共知天意同人意瑞雪飄來糝玉羹其三百十三

年逾七袠鬢垂絲寵溢春光宴
紫墀憶得曹司清切地又陪觴醼太平時其三百十四

冶鑄曾經領內坊老霑紫府五雲漿別教換骨從
天上金液何須更受方 其三百十五

元會初過廣宴開赤墀晴雪照銜杯不須奉禮頻
宣勸禹膳堯觴次第來 其三百十六

萬歲鴻禧協兩儀一時黃髮應昌期握蘭青瑣臣衰退
重得趨墀挹寶巵 其三百十七

煦嫗多年長子孫春風閶闔受
新恩熙朝齒爵尊相並一命霑濡藉露繁 其三百十八

朝序欣從下大夫懸車年歲白髭鬚躬逢
盛典超千古養老羹香出筵蒲其三百十九

玉泉山下職分畦穲稏雲穠綠穗低畊鑿不教遺
絕域塞風霾雨入封提其三百二十

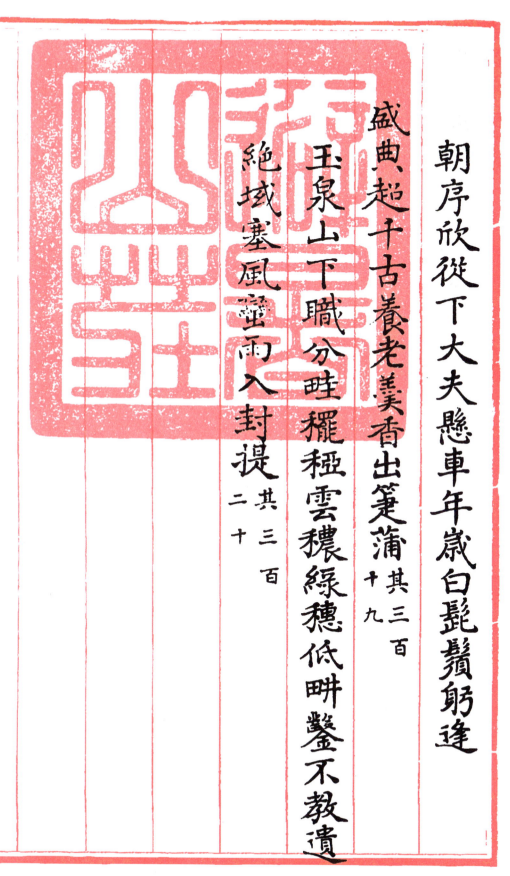

御定千叟宴詩卷三

御定千叟宴詩卷四 計詩三百二十首

盛古羅嫣助永年今逢合語啟
宮筵始知天錫箕疇理五福真應壽最先其一
多年慣聽未央鐘宿衛清宵近禁松此日金鋪逢
宴樂寸心彌感
聖恩濃其二
天上瓊筵

紫殿開盈千黃髮集蓬萊小臣花甲春初度喜附羣
仙舉壽杯 其三
雪花瑞拂羽林旌五色祥光繞殿楹
御宴一時千叟集老人星拱
帝星明 其四
優禮高年
帝澤敷眼看湛露總成珠屠蘇歲首叨榮宴不羨蓬池
賜繪圖 其五

好生大德協蒼穹至治方知
聖澤隆身到九霄沾雨露中臺花暎粉闌紅其六
櫜鞬長奉屬車塵短窄衣裳取稱身
祕殿從容令酌斗錦袍簇簇比儒臣其七
盤馬彎弓未是難當年植髮每如竿而今垂老逢
殊典自識
天家禮數寬其八
未鍊神丹到九還刀圭供奉髩先斑從今不待餐

芝术一飽
天廚便駐顏其九
零露華濃寶殿開昭明三軸暎星台經文緯武吾
皇德雲錦何由織得来其十
瑞雪占来歲大豐
聖皇樂與萬方同太和宇宙皆元氣春永蓮花漏刻中
其十一
羣歌

帝德比天長燕賞傳呼陛楯郎五色雲中瞻
黼座歸來衣惹
御爐香 其十二
恰值萬方歌
萬壽特教千叟賦千詩但嫌從古升恒句不盡當今頌
禱詞 其十三
十二星中備羽林餘年猶荷
聖恩深蹕前咫尺

天顔近老馬容申報
主心其十四
幸因謁選到京華得見
瑶宫五色霞藜藿腹嘗仙膳美筵前割肉自
天家其十五
清門兩世忝天姻帶礪山河荷大鈞
帝念舊勲榮末嗣禁營龍節寄微臣其十六
帝德如天

聖澤長綏刑尚菑慶明良小臣幸與蓬池宴案牘風清
介壽觴其十七
典領天家七萃雄加籩式燕萬年宮瓊肴玉醴
恩波渥黃髮蒼顏拜舞同其十八
禁籞驅馳効執鞭
皇仁涵泳得延年鵠冠幸獲忝郎選
楓陛還教入壽筵其十九
憶侍元戎定楚疆洊登卿貳列巖廊衰年解綬辭

冬署盛典還叨捧

御觴 其二十

宰邑慚無製錦才

皇仁被野盡春臺玳筵雕俎鵷鷺集身到蓬萊萬象開

其二十一

運啟文明

御墨鮮蓬萊雲氣繞華筵願供飾壁雕金管繪畫南薰應

帝綍 其二十二

寶歷無疆慶又新
殊恩寵宴及微臣撫躬益勵持籌職長副
皇仁惠兆民　其二十三
分司禁籍典車徒年老欣逢
賜大酺列席玉階霑玉醴虞庠夏序得同無　其二十四
天麻疊降舞婆娑
聖壽長春名太和共燕堯階人盡醉欲憑神貺祝三多
其二十五

蘭帶清風柏帶霜春滋雨露喜朝陽叨陪白髮千

官宴願上丹墀

萬壽觴其二十六

天街春轉惠風和處處歡聞擊壤歌禁衛輪番剛

替直

君恩沾得十分多其二十七

帝宴耆年閶闔開分行接履上蓬萊武臣得與鵷班後

拜奉

珠宮萬壽杯其二十八

削平三孽仰

皇猷忝列提戈爪士倚儤直

禁廷班第一涵濡

聖澤莫能酬其二十九

瀼瀼零露日華晞寶鼎香烟護紫微荷祋小臣齊

鼓腹

九重天上賜筵歸其三十

紛紜文牒久曹司仙液均沾荷
聖慈白髮微員蒙拂拭潛郎何幸世清時其三十一
華資備位職司專遴選倉儲倍惕虔此日沐
恩真異數小臣長幸戴堯天其三十二
春暎觚棱雪半融傳觴布席蘂珠宮自慚下走真
甲秩也在尊年愷燕中其三十三
輝輝五色應垓埏一器功深考課全綈几春風三
殿敞朱湛丹沐照華筵其三十四

軒轅鳳歷再壬寅旭日紅雲繞

聖人組練班中年幸老追隨同飫太平春 其三十五

彤閣鳴鐘報午時

君王催進紫霞巵年来丹雀盈田畝九穗嘉禾作飯炊

其三十六

雕鏤微長歷有年欣逢華宴沐

恩徧牙籤最近

君王側萬軸齊將壽字鐫 其三十七

重門擊柝是臣司老沐
君恩捧玉巵說與當年關尹子今朝紫氣集丹墀 其三十八
承
恩出宰牧烝黎百里花明暑晝溪飛舄王喬來玉陛早
知
睿算與天齊 其三十九
垂領絲添種種新秩叨五品濫纓紳筵前坐次誰
先後馬齒輪來近七旬 其四十

蟠桃結實歲三千頒出精盤色倍鮮飽食不須留核
種春風從此熟年年 其四十一
攻金自古有專司春首
恩波滿
御卮自愧洪鈞輸妙手但將銀甕獻
丹墀 其四十二
靄靄祥光護瑣門皤皤黃髮映金尊執殳愧乏前
驅力醉酒榮分湛露恩 其四十三

捧送銀奩香氣微粉綃紅蠟認芳菲華顛總辨參
花帽
當宁陽春有化機其四十四
萬年天子運乾剛
賜食千官樂未央歸捧蟠桃大如斗
恩榮分與合家嘗其四十五
魚躍鳶飛大道全研丹無待命黃荃微生亦是資
生類游泳春和自在天其四十六

金紫雍容拜賜酺
聖朝典禮邁唐虞呼嵩此日皆耆舊好譜羣仙獻壽圖其四十七

菜畦十畝傍山郵抱甕三時學灌園菲食
聖心甘澹泊美芹真得獻
天門其四十八

巍峩宮殿彩雲間瞻仰長懷近
聖顏樗櫟獲承新雨露引年深幸點鵷班其四十九

少壯橫戈愧虎臣尚年幸
賜大官珍宴歸躍馬身逾健今日吾
皇錫福新其五十
仰看星斗識璿璣共看瑤光燦紫微兩陛簪裾承
湛露
萬年有道荷垂衣其五十一
敉寧萬里慶櫜弓天上筵開喜起同何幸鸞驂蒙
異數引年均被

聖恩隆其五十二

園扉親見草常盈小吏還沾分外榮知是

聖朝刑措日好生獲福即長生其五十三

萬邦累洽沐醇風民物熙熙元氣中今日珍饈沾

鼎味金光耀采玉華宮其五十四

幾度長楊扈從來黄羊白鴈掛鞍回三驅舊入詞

臣賦千叟今慚列校陪其五十五

甲子周環春又來微臣致職在靈臺

彤墀蓂莢承甘露五葉祥光天上開 其五十六
日照天門詄蕩開方瞳紺髮上
瑤階才看萬國朝元後又覲羣仙獻壽來 其五十七
玉爪金眸欲下鞲錦絛常侍獵園秋吉雲分得凝
甘露白首鷹人奉
豫遊 其五十八
常從廟祀肅明禋親見精虔
聖主身讌樂令朝歌在鎬太和宇宙萬方春 其五十九

雙闕光華雲路長老增馬齒尚騰驤千夫隊裏年初滿萬壽筵中樂未央 其六十

清讌欣擎萬歲杯朝元千叟集蓬萊就中歡躍心彌切恩向從龍後裔推 其六十一

霏微瑞雪靄王春瓊樹瑤階景色新此日千官齊拜舞筵前鬚鬢總如銀 其六十二

躍馬身經列將屯昇平日久戴

君恩

聖朝養老踰前典饋酳何當及虎賁其六十三

璇璣自轉渾天儀雲物呈祥擁

玉墀春永日高排

御宴趨陪千叟太平時其六十四

小臣需次佐方州忝與瓊筵鶴髮儔仰覩

聖朝功德盛時雍萬里獻共球其六十五

鼎寶分餐出
御庖錦茵環列向螭坳兕罝敢道干城選飽德猶能敵
虎虓其六十六
御香濃郁惹宮袍廣宴晨張
玉殿高白髮微臣慚世閥也隨仙侶踏雲鼇其六十七
閶闔門開日暎樞趨蹌不倩玉鳩扶相看盡是鶵
鸞侶何幸
恩榮逮執殳其六十八

用矛江右記當年十丈艨艟塞巨川今日玉階歌
既醉
恩敎列校預宮筵其六十九
領軍未敢稱祈父佐貳從敎類有司拜手
天顏瞻有喜何嘗獨使近臣知其七十
身散桃華踏軟紅耳批竹箭欲嘶風遍栽苜蓿迎
神駿爭比天閑萬足同其七十一
階蓂二莢曉初舒耆老銜

恩侍玉除樗散自慙蒙譽處一杯零露到華胥 其七十二

萬國傾葵仰

一人歷週花甲喜重新

乾清宮裏春徧早年老蒙

恩得飲醇 其七十三

華池神水溢庚渦寶鼎金鉛轉髮皤擬到環邱餐

玉粒爭如天酒駐年多 其七十四

和風翦翦拂宮袍玉陛承

恩脱寶刀讌席不將勲爵叙只看年甲是誰高其七十五

鼎石鐘鏞在筆端翠觴金斝厠朝冠微臣久槖丹

黄色快寫球琳傍

玉鑾其七十六

曾彎繁弱效微勤忽伴耆英宴五雲爭説大酺

恩寵渥萬年長戴

聖明君其七十七

疇昔身依殿陛高

御前趨走愧微勞而今臣齒頻加長尚齒還叨飲玉醪

其七十八

曾瞻豹尾識旌門隸牧何由覲

至尊今日玉階依

聖日由來

天語似春溫其七十九

校書

祕殿出非常奉職薇垣更有光忺愡此身生羽翼大

羅天上飲瓊漿 其八十

皇恩浩蕩總由天花甲環周

寶歷綿徽賤似臣榮幸極嵩呼聲裏拜瓊筵 其八十一

聖世明良洽泰交金虀玉膾摠嘉肴小臣何幸陪瓊宴

脱劍櫜弓飫大庖 其八十二

養老筵開

玉殿中羽林環坐釋刀弓時清偃武崇黄髪幸與耆

年讌

紫宮其八十三

曠恩隆典史難稽千叟佳名自

御題大小書年同拜獻合成

聖壽與天齊其八十四

衛列勾陳法象懸平生私慶近

堯天常隨綵仗琱輿後又醉金卮

玉殿前其八十五

鳳城春暖五雲中奉職嚴稽鎖鑰同四海昇平齊

介壽瑤池近在日華東 其八十六

聖主長生不藉丹開筵普賜老人餐微臣縱採仙家藥

何似擎桃出

紫鑾 其八十七

玉饌珍肴出禁厨蟠桃歸奉

主恩殊顧將史籀雕蟲技篆作屏山

萬壽圖 其八十八

曾向行間侍節旄敢云簿録有微勞太平長庇如

天福

御宴榮分度索桃其八十九

馳馬昆明大漠還蒙

恩玉陛許追攀彭籛方朔仙曹滿何幸瓊筵綴末班其九十

丞廳判事佐花封下吏承宣自

九重此日宴歸誇里巷衣冠得惹

御香濃其九十一

投醪久已沐

君恩授几還欣及虎賁盛典古今誇未有

聖人親看酌堯樽其九十二

宫門乍轉三陽泰歲首初舒二葉蓂今日九閽傳

異事朝

天盡是老人星其九十三

朝元放仗

駕初回賜宴明朝

勅使催陽夜殿頭先奉詔臨軒
御坐正中開 其九十四
胥懸象弭手提戈羽獵長楊扈侍過每賦騶虞思
帝澤春深文囿五芝多 其九十五
龍鼎曾誇力可扛衰年徒有兩眉龐
君恩特念微勞久
詔預春筵賜玉釭 其九十六
引年優禮逮微臣人老翻沾

寵渥新從此

輦前常扈蹕不嫌雙鬢白如銀 其九十七

職隷材官愧武夫上清今忝飲醍醐欣逢奏凱昇

平日鳳噦鸞吟緫瑞符 其九十八

行間鼓舞力相齊旟旐春暉楊柳堤今日彤墀叨

賜宴此身如躡閬風梯 其九十九

鬢眉如雪雪如銀銀麪堆盤屑玉塵三白筵前同

一色豐年佳兆卜先春 其一百

瓊宮開宴五雲高牙將論年得濫叨親見
龍顔真有喜春風披拂普
恩膏其一百一
列校偏裨罷直來長瞻雲采繞蓬萊未央湛露沾
何幸只有耆年不計才其一百二
殿頭名奏綠頭籤法饌
宮筵許屬厭盡祝我
皇千萬壽世家恩澤最先沾其一百三

體元壽世福臣鄰和氣蒸為萬象春何意殊榮分末校
也隨國老宴
楓宸其一百四
應時瑞雪正霏微日麗重門五色輝
萬壽樓前千叟宴
君臣同慶古來稀其一百五
暫離星劍赴彤墀不比尋常拜
闕時玉液分明丹鼎味何勞蓬海覓仙芝其一百六

冲融協氣不知寒玉殿傳宣早
賜餐底用駐顏尋上藥
御厨滋味勝神丹 其一百七

青陽旭日照銅樓鵷鷺班行半徹侯咸拜
天家春讌醉謝
恩次第出階頭 其一百八

初春二葉展堯蓂列坐瓊筵挹醁醽為向九霄占
氣象羽林星暎老人星 其一百九

玉階獻壽盛班聯慶及郎官列綺筵如此
寵榮真曠古紀
恩惟頌萬斯年其一百十
忝列熊羆
賜宴餘恍然身世入華胥眼前不少丹青筆王會圖成
遜不如其一百十一
春首開筵瑞氣融
聖皇多壽暢仁風鶡冠許入隨魚貫韋廁長眉千叟中

其一百十二

春色先回細柳營犀渠閒却樂時清忽傳天上開

新宴末校居然並老更 其一百十三

肩隨佐領事韜鈐髀肉無多雪滿鬚露湛玉墀知

飽德不須夜飲賦厭厭 其一百十四

丹墀開宴春耆齡鶴髮齊來拜

闕廷壽祝西方無量佛光明南極老人星 其一百十五

仙醞頻斟六膳調引年

賜宴集臣僚

皇衷正要流膏澤殿角先看瑞雪飄 其一百十六

仁恩溥博總如天末校猶濛

賜几筵頒出仙厨皆異味嘗來法酒自延年 其一百十七

籌筆紛紛在一心不離方寸見遥深八方有截銅

標正三極無私寶契臨 其一百十八

便是彭鏗事帝堯碧方瞳叟坐螭坳何曾斟雉供

君膳却沐新恩食雉膏 其一百十九

錦袍掩映鬢眉霜
賜宴欣依日月旁身惹爐烟香滿袖
天顔有喜壽無疆 其一百二十
身習行間佩角弧月糧叨受愧千夫引年
恩宴從來少況使兜鍪飽玉厨 其一百二十一
無疆景運萬年新寵飫天厨荷
至仁倡率虎貔歌舜旦追隨鵷鷺樂堯春 其一百二十二
遠開甌脫作歌衢豈要廂軍豫備虞閒卧緑沉槍

不用年年春到拜

恩酺其一百二十三

文思臻極器開先寶氣英英照玉筵何異帝青騰

佛盋衆香精乳祝

堯年其一百二十四

貔貅耀武定遐方萬里規模

睿算長兵氣銷時和氣洽

特崇耆齒許銜觴其一百二十五

天上和風被八紘筵開養老慶昇平暫辭武帳陪

文讌同飫金觴玉糝羹其一百二十六

夕郎長幸拜

高宸獻歲還沾湛露新

黼扆祥光瞻舜日錦筵春饌飫堯人其一百二十七

已拋組甲負春暄投老何緣覲

至尊卻遇引年新歲宴留傳佳話與兒孫其一百二十八

五更三老宴承明列校年高亦

賜䰟斗轉北樞旋歷甲星懸南極暎長庚其一百二十九

當年擐甲作偏裨朔漠曾經從六師歷指到今三十載

聖顔健似北征時其一百三十

年年持戟侍金門豈有勤勞荅

主恩雨露不敎遺小草畀微亦許沐春温其一百三十一

羽林少小侍

君王五十年來兩鬢霜省試鳩工

金殿側喜隨耆舊捧堯觴 其一百三十二

六十年来祝

聖人欣逢寶歷又重新

瓊筵飫德歌天保瑞雪盈疇已獻春 其一百三十三

龍沙七戰仗

皇威曾唱鐃歌脫劍歸拜捧壽杯瞻日角芝雲長自護

天衣 其一百三十四

少小期門侍輦傍

皇威萬里奠殊方天涯盡處今無戰鶴髮從容進壽觴其一百三十四

蔥蘢佳氣抱春城仙實堆盤

聖主情願種五芝成五色獻來紫極祝長生其一百三十六

聖主秉乾景運開普天長養在春臺須知千叟康強甚

總是吾

皇錫福來其一百三十七

芬藍仙醴出

宮壺合作瑶階千叟圖羣道昇平多壯健醉歸不遣

子孫扶 其一百三十八

玉殿春風漾鬢絲鳳膏麟脯味如飴自今强飯由

天賜不減巴黔賈勇時 其一百三十九

曾從粉署忝鵷班今拜彤廷仰

聖顏共沐

恩波真似海敢將雅什頌如山 其一百四十

重逢玉歷紀壬寅上日椒觴宴老人鐵騎少年今

白首也叨

賜酒慶長春其一百四十一

介壽椒馨化日舒莊農樂事不勝書豳風圖裏躋

堂景長在秋塲納稼餘其一百四十二

饌自仙家座上供珍羞亶數紫駝峯小臣一日沾

恩澤步履如飛不藉笻其一百四十三

春回黍谷泰階平瑞雪餘光暎早晴列校身閑無

一事宴終忭舞出

蓬瀛其一百四十四

常持斂楯衛神京

賜宴歸来體更輕莫道羽林星宿小令宵應並壽星明

其一百四十五

欣逢廣宴

賜春朝短羽低飛接絳霄不信野人難頌聖卿雲本自

出衢謡其一百四十六

猩脣燕翠簇盤齊尚有餘珍許共攜

宮府自来沾大澤茲筵端的勝凫鷖 其一百四十七

賜醽佳會古曾傳黃髮盈廷未滿千今日長筵環

絳老吾

皇端合是金僊 其一百四十八

曉綴鵷行上紫微雲開咫尺見

垂衣分明共赴西池宴親見青鸞黃竹歸 其一百四十九

玉管吹来萬象春蓬池仙鱠共嘗新柏梁臺上曾

高宴詎及當年協律臣 其一百五十

三漿六膳章分露世澤長承雪滿鬚億萬春秋推
玉歷海籌知為
聖人添其一百五十一
羽林執戟愧材官
聖主洪慈及武冠
特許論年排廣坐盈顛鶴髮上
金鑾其一百五十二
甲宅榮光接月華追趨鮐背拜

君嘉先疇敢附周盟後忝屬騂旄七姓家其一百五十三

玉漏風清出未央

詔宣黃髮賜椒觴挈壺下士司占驗日月

熙朝倍覺長其一百五十四

微員也得列冠裳鵷鷺班中忝頡頏

瓊宴開時風日麗一時齊捧

萬年觴其一百五十五

奉職慚無巡警功幸隨紳佩舞和風

昌時特設耆年宴矣竭微勞備禦中其一百五十六
景運門前騎馬回歡聲一道似春雷誰知白髮千
夫長也舉南山
萬壽杯其一百五十七
耆用接武上天衢喜奉
溫綸飫玉厨自愧蒙庥傳奕世飲和食德共嵩呼其一百五十八
曾執戎麾轄虎貔深慚厚禄已虚縻老来又飽

仙厨饌捧日心餘一寸葵其一百五十九

罷肴皓首入

天閶玉液金虀愧素飧更賜仙桃袍袖裏

恩深首偕勝橋門其一百六十

老驥猶懷千里思壯夫敢歎髮如絲一杯拜

賜延年酒努力前驅憊不知其一百六十一

歲籥初更淑景勻一營細柳已知春

九重此日開芳宴千叟齊来拜

聖人 其一百六十二

新豐往事記猶真曾効微勞奉

聖人六十年來恩養重又叨垂老宴

楓宸 其一百六十三

朝朝執戟直明光今日當軒近

御牀黃耇並登天上坐春盤柏酒許分嘗 其一百六十四

整轡新從塞外回

九重恩渥

御筵開從今萬里銷烽燼長向
金鑾捧玉杯其一百六十五
食飲惟需鑿與畊大田多稼紀西成為教農正康
衢聽一片豐年語笑聲其一百六十六
忝司華署侶鵷鷺春殿
恩流宴飲歡聞說異粻明貴老何如
天餕飫調蘭其一百六十七
粉闈舊忝列郎曹縻禄曾無尺寸勞忽荷

恩綸叨壽宴喜隨羣叟醉仙醪其一百六十八

龍飛玉歷首壬寅環轉重開浩蕩春
金殿賜酺尃尚齒永躋仁壽戴鴻鈞其一百六十九

嘗伴銅龍守玉扉火城星爛曙光微白頭此日叨
恩宴蹀躞春風帶醉歸其一百七十

日月升恒億萬春我
皇福祉自天申小臣今日叨
嘉宴願作年年獻壽人其一百七十一

邊庭無復事防秋夙願前驅愧未酬
盛典躬逢何所報長年還自看吳鉤 其一百七十二
芙蓉闕下集安車曉日曈曨暎綺疏雲子飽嘗添
壽斝銀盤又賜海東魚 其一百七十三
上苑初開千叟宴新正又待
九重春
聖皇施惠無遺老恩浹周廬宿衛人 其一百七十四
曾叨執戟侍金門更向瓊筵覲

至尊要使全家霑雨露歸攜

賜果嚼兒孫 其一百七十五

晝省叨榮愧小臣投閑歌咏太平春盤餐更飫

天厨味長戴鴻鈞祝

聖人 其一百七十六

萬年枝上雪初融一朶紅雲麗碧空葵藿有心齊

捧日獻羔稱兒學舞風 其一百七十七

日麗金鋪宴九華雲芝瑶笥出仙家

君王若比天皇壽萬八千年未足誇 其一百七十八

曾憶含香近

日光於今不覺鬢毛蒼論年何幸陪千叟共祝

堯年樂未央 其一百七十九

青陽淑氣始融融千叟筵開

寶殿中蘭省微臣欣與宴

萬年聖壽與天同 其一百七十

詔集高年

賜大酺武臣垂白沐恩殊好憑麟閣丹青手繪出

天家養老圖 其一百八十一

序賓禮備

賜殽烝天廚鋪陳以次登髣髴海山開宴處星冠鶴帔

一層層 其一百八十二

瑞雪先春卜歲豐

聖心樂與萬方同小臣得附貔貅末忭舞歡呼

御宴中 其一百八十三

礱錯曾投萬石君球光玉潤氣烱煴若論日字須

和墨除向浮黎琢紫雲其一百八十四

欣逢盛世備期門濫列瓊筵

賜上尊身似登仙到蓬閬渾忘四校逐戎軒其一百八十五

五歲親隨常侍班彤墀日日近

龍顏杏壇一自崇祠宇

聖壽天文萬古間其一百八十六

法宮良讌賜春觴佐領微臣綴末行

恩重涓埃無報稱願將海嶽壽吾

皇其一百八十七

天顏有喜泛春觴身傍重霄浥

御香盛世引年真異數羽林鐵騎荷

恩光其一百八十八

自從奉職近承明辨品量材日有程豈料微員逢

盛事一杯湛露

賜金莖其一百八十九

蕤葉芝英辨體詳昆刀如筆寫瓊肪願將

聖壽同文佛親見雲中卍字光其一百九十

雲屯羽騎靜無譁細柳春閑檢鬢華更與昇平添

盛事

殿頭宣勸飯桃花其一百九十一

便是人間脩月曹宮坊琢玉五雲高曉來宴罷

蓬萊殿不羨東方得玉桃其一百九十二

瓊漿玉饌

御筵開南極光華暎壽杯

聖主特隆千叟宴厖眉鷺序得追陪其一百九十三

玉鳩扶老到蓬萊啓事猶思曉殿開飫讌從容

天語切賡颺還屬舊容臺其一百九十四

碧玉卮浮紅水晶瑞霞扶日麗層城

君臣語笑皆天籟不待鸞簫與鳳笙其一百九十五

白玉墀頭白髮身太平

盛典逮微臣宴餘景運門東出駿馬驕嘶

禁籞春其一百九十六

韜畧無能愧折衝耆年隊裏得追從瑤階雪霽春

光暖滿泛葡萄飲玉鍾其一百九十七

舊典西京重賜酺親沾

天酒倍歡娛高年簪紱多如許齊入朝元介壽圖其一百九十八

提戈歲久有何勳此日論年覲

五雲莫道粗才容就日羽林元自應天文其一百九十九

歷載追隨虎士班每依豹尾望
龍顏廣筵幸獲陪耆老就日瞻雲咫尺間 其二百
天陛霈雲宴樂初朝正馬用叔孫書太平久道青春
好千里親看駕鼓車 其二百一
瑞靄祥煙集鳳城欣瞻
藻繡賜雲軿小臣潤色知何有黼黻文章屬
聖明 其二百二
仙液恩膏到世臣蓬瀛高會綺筵陳龐眉鶴髮盈

千數健協天行是
一人 其二百三
春風紫殿接
龍光錫讌還容上壽觴自愧無勲叨蔭緒萬年歡樂奉
君王 其二百四
春宴欣陪到九天瓊漿滿飲
玉階前蒙
恩乍得周花甲黃髮蘇中是少年 其二百五

金縷牙籤雜寶裝每因摹勒仰
奎章只今
聖藝超千古幾暇猶時𥫗硬黄其二百六
春光欲拂柳條新浩蕩
恩波及武臣
寶歷從今添億萬年年長此宴
楓宸其二百七
湛露濃瀼下九垓千官齊泛紫霞杯獻豜未效虞

人職先為躋堂祝嘏來其二百八

飽餐玉粒飲流霞千叟朱顏帶日華應信長生

天子賜不須勾漏覓丹砂其二百九

堯舜寬弘德媲天皋陶明允自無偏小臣忝竊曾

何補惟奉仁風祝

萬年其二百十

五色卿雲繞

御筵九天湛露引耆年自慚武弁毫無補也傍

真人紫極邉其二百十一
禹功未比
聖功多指授疏通永定河自此畿南恒大有羣黎安堵
更衢歌其二百十二
蓬瀛晴雪望中開南極星輝暎壽杯湛露深沾何
以報紀
恩惟有賦臺萊其二百十三
侍宴紅雲志泰交輝煌章采滿螭坳

君王厚德符元吉獨御黃裳紫氣高 其二百十四

青齊歲儉軫

皇情被命星言發粟行淪浹

帝恩深到髓於今九稔泰階平 其二百十五

新恩乍見

御筵開紫禁春風拂面来自愧虎賁纔脫劍欣同鶴髮

頌臺萊 其二百十六

高年濟濟

詔筵陳上日榮叨
寵澤頻殿上引年休序爵
御前勸酒不論巡其二百十七
鵷侶盈朝忝白鬝老年縻禄大夫班藥珠預宴光
榮極長願披雲奉
聖顔其二百十八
烏玦絲絲玉一螺文江學海自生波豹囊貯得供
頒賜人墨千年並不磨其二百十九

束髮常教隸禁營粗才舊得備干城老年聽譜承
平曲新宴歡騰祝壽聲其二百二十
天心眷老賜瑤觴雪霽雲開化日長醉飽不須官職貴
春袍盡惹
御爐香其二百二十一
熊羆隊裏懃黃耇龍鳳樓前慶
紫宸從此年年承
帝澤禁營細柳萬條新其二百二十二

久播

皇風畿輔中微貢亦許受

恩同顧將

天賜長生酒化作甘霖五穀豐 其二百二十三

鳴鞭走馬向甘泉身衛周廬歷有年慙愧瓊筵班

齒坐賁階長此戴

堯天 其二百二十四

霜髭升宴總朝紳鷺序鴛行綴虎臣殿角春風翔

燕雀筵前珍饌擘麒麟 其二百二十五

喬木家聲歲月長

堯天雨露足恩光犀渠久領秋霜隊魚藻先分春酒香

其二百二十六

天枝爵祿荷殊榮玉饌懽陪宴老更閶闔春光開

綺繡遥連青海慶昇平 其二百二十七

關門楊柳思依依憶昔臨郊賦采薇今日同賡天

保句寸莛長自傍春暉 其二百二十八

盛朝縻禄愧監門瑞靄頻瞻近九閽漸喜書年開七
袠濫稱仙尉醉堯樽 其二百二十九
禁旅猶敎詫挽强入筵珍重鬢如霜三壺看核將
懷裹歸引兒孫徧遶牀 其二百三十
珉縻珠餡喜頌宣羽衛邀榮
玉殿前莫道干城人漸老披丹長願祝
堯天 其二百三十一
百鑷珍珠職所供天機異錦上方工

君王儉德袪纖美作服惟明叶舜風其二百三十二

己向天山早掛弓備員還宿禁林中武臣未解銘

鴻烈但覺

皇威遠邇同其二百三十三

奕世金貂襲舊勲從容春殿步祥雲崇年得預瓊

宮宴魚藻恩深荷

聖君其二百三十四

玉饌新從柏殿頒不遺疎賤到衰顏折衝禦侮寧

甘老感激還生

紫陛閒 其二百三十五

仙署羣仙盡劈牋春風搊管紀開筵剡藤賦作繚
紅色虎僕齊書字萬年 其二百三十六

丹地飛霙淋氣回春光分暎紫霞杯自慙畜牧真
微賤感荷

君恩讌賞陪 其二百三十七

彫弧盧矢歷天涯粵嶺烽烟老歲華何幸餘年邀

渥寵親嘗仙膳向人誇其二百三十八

微負愧列羽林官跨馬彎弓効寸丹何幸仙人調六膳白頭同宴五雲端其二百三十九

夙忝頭銜領禁營羽書傳發署微名年多莫笑渾無用祝哽筵前備五更其二百四十

芙蓉闕下敞琳筵武士叨陪御席前爐裊篆烟成萬壽杯中緑蟻泛千年其二百四十一

西征嘗佩鷿鵜刀
恩詔傳宣賜碧醪
聖壽天齊同拜祝紅雲祥擁鳳樓高其二百四十二
壽域弘開不老春饌瓊屑玉逮微臣宴歸喜與兒
孫說親侍鈞天覲
聖人其二百四十三
一品黃金營管城不將麟角録天鯨紫毫簪向螭
頭者盡寫

君臣相悅情其二百四十四

閶闔天高廣宴開熙熙都似上春臺舉觴共效躋

堂祝

萬歲聲騰動地雷其二百四十五

馳驅兩度屬櫜鞬校獵欣逢雉兎繁今到蓬萊身更

健五辛芬馥

賜盤飧其二百四十六

壽世

天傳童面經問年隨地有奇齡遊河五老尋常事難得
千人聚
帝庭其二百四十七
職忝司門在鳳城日華五色啓春明竊欣下吏蒙
嘉宴長挹蓬壺紫氣生其二百四十八
羽林久轄
主恩寬天上分甘愧素餐獻歲
天家開盛典大廷千叟共春盤其二百四十九

禁軍分典職宣威曾執星旄敵愾歸昔日大弓蒙
寵錫今朝芳讌侍
彤闈其二百五十
含香奏對忝曹司雨露涵濡荷
聖慈宴賞更容叨異數酬
恩願上萬年巵其二百五十一
備員虎旅鬢添華挾纊從軍敢憶家今日
天厨分玉饌葵心浥露醉流霞其二百五十二

賜翎奕奕戴

恩輝羽騎趨蹌効獵圍感激猶思勤膂力喜瞻春靄繞

旌旗 其二百五十三

旭日初升瑞氣融大酺

恩渥賜羣工久膺世秩今陪宴長在薰風長養中 其二百五十四

威行南徼翦鯨鯢

命討西陲振虎羆得

賜閑身依禁近

天杯拜飲碧玻瓈其二百五十五

繡蟒千袍繞四筵弓刀解却飫甘鮮

玉皇香案分明近自愧庸凡上九天其二百五十六

優老筵開瑞日高謝

恩纔罷酌醇醪乘田下吏令閑散異數何當也濫叨其二百五十七

何期耋耇逮偏裨涼水禺山戟一枝秣馬詰朝六

十戰思量還似黑頭時其二百五十八

太平

皇帝萬斯年丹烏勾陳駐兩邉此日華顛陪醼宴故應

執戟是郎仙其二百五十九

曾厠龍驤佩寶刀投閒重得沐

恩膏引年特地尊三老顧影何須歎二毛其二百六十

裨海齊州軌度同山川草木盡春風天臍地肺分

明列都在

君王覆冒中其二百六十一

和氣仁風滿八垓金壺玉醴醉春杯恭聞海澨山
陬外更有梯航近日來 其二百六十二

九天閶闔擁祥雲中外尊親奉
聖君脫劒歌風臣已老隨班霑得
御觴芬 其二百六十三

金沙江上洗戈回銅柱蒼涼十丈埃老去側聞酣
戰地笙歌滿路百花開 其二百六十四

天春燕喜列殊珍綠鬢方瞳領搢紳

鳳紀從今過百二康衢童子作封人其二百六十五

蒼生計仰

宸謨發帑留漕又賜租自有

堯湯無水旱筵間合語效山呼其二百六十六

薄藝頻年直

紫宸偶承

天笑物逢春葵心向日殷勤卜瓊叟投來六赤神其二百六十七

百工規矩說高曾況是簪裾黍世膺自沐露滋根

葉茂恭承
培養到雲仍其二百六十八
昔年楚望闘戈船久治今重預愷筵江漢一篇周
雅在揚休虎拜
聖人前其二百六十九
六符開泰吐星芒列曜承
恩卿月傍五色日華封赤道
萬年天子坐當陽其二百七十

新年預讌厠仙班陛楯追趨識
聖顔飽德自慙閒拊髀唯歌
萬壽祝南山 其二百七十一
石磴煙巒半紫苔瑞霞繚繞静無埃
天心别有高山在微末何緣測
聖裁 其二百七十二
禄增一品受
恩多又

賜蟠桃宴大羅供奉不須方術獻
聖人得壽在中和 其二百七十三
廿年供職近
丹宸鍼砭遺方記授真一自瑤池陪宴後杏林添得
九重春 其二百七十四
甲辰重疊紀堯天四表光華煦簡編
聖歷又添花甲外四千年後有今年 其二百七十五
頭銜夙署粉曹郎

賜紵曾叨捧七襄身歷塞山搜伏莽承平日久祝無疆
其二百七十六
充備千廬職徼巡鳳凰山畔憶車塵
宮筵特許陪諸老一體沾
恩拜紫宸其二百七十七
春風初到上林枝
金殿傳呼錫宴時共沐
天恩深似海頓忘霜鬢白如絲其二百七十八

萬年枝上曉煙輕淋氣先回細柳營解劍来登千
叟宴紫微光裏頌長庚 其二百七十九
畫省深慚樗櫟材
聖朝曠典得追陪堯年鼓腹康衢叟若個松軒賜饌来
其二百八十
聲靈燀赫震遐陬歌凱期門亦荷麻讌賞
恩波當獻歲老人星照玉階頭 其二百八十一
玲瓏劚得翠屏開峯秀林香引

御杯正是人間有天上
金輿臨處即蓬萊其二百八十二
生從平壤到華胥老預仙筵坐
殿除忝竊祠官
仁主意錄勤七載奉軍書其二百八十三
鶴髩如霜讌
紫宸兵氣曾掃楚江濱武夫愧未消埃報唯祝
璇圖億萬春其二百八十四

蓬萊仙闕日華明瑶砌春蓂兩葉生幸飫雕胡依

黼座兎罝詩裏愧干城 其二百八十五

玉宸羽衛動星文龍畫竿槍倚紫雲拜捧壽杯思舊

事亭樓超越

九天閶 其二百八十六

兩曹分案調盌虛魚藻欣逢盍稷俱不意坐無氈

席吏來登

温室罽賓瑜 其二百八十七

飽飫天廚

帝座旁醉歸人識羽林郎宮前據馬身猶健報
國心馳舊戰場 其二百八十八

堯堂斟雉祝長春五雉分司屬左民
聖世不嚴山澤禁玉津風月百花醇 其二百八十九

千叟歡呼捧壽杯鬚眉如雪照瑤臺上池不用
誇甘露親飲
天家玉液來 其二百九十

六儀九德術難窮射覆寧能繼四公微賤坐當
天一貴命逢龍喜在乾宮 其二百九十一
白筆常時立殿頭肅班喚仗凜霜秋
紫廷燕老寛文法不用糾儀去押樓 其二百九十二
瑶觴滿泛列珍羞何異仙真會十洲醉後
詔傳輿馬出不教黄髮更扶鳩 其二百九十三
錦服新從瑞錦来辨儀掌職是容臺大羅若紀長
年籍仙榜應為千叟開 其二百九十四

春風初暖

御筵開南極光華暎壽杯昔掃鯨鯢歸楚粤今隨鵷鷺入蓬萊其二百九十五

内侍傳宣

詔賜毹微臣抃舞感

恩榮八珍錯列嘗仙味七校喧闐起頌聲其二百九十六

碧雞金馬靜無烽列校蒙

恩湛露濃飽食珍甘思寸効蒐苗吉日耀軍容其二百九十七

俾倪十二亞龍斿

步輦穿花大小樓容與弓刀天仗裹

御香沾裛潤難收 其二百九十八

禁旅無聞警柝傳昇平嘉慶已年年老来更受非

常寵拂拭鬚眉上

御筵 其二百九十九

宮柳含金浥露滋慶雲五色擁

彤墀叨陪

御識身加健不減當年敵愾時其三百

西域眞傳奉

玉宸古來油素此偏新星源圖得崑崙景拜手銀筵祝

聖人其三百一

藺闍同躋左右分雁行錦繡動龍紋

軒廷此日占雲氣司馬官曹是縉雲其三百二

蓬萊宮闕隔仙凡

春殿筵開許署銜列坐瑤階春日永

御鑪香氣滿朝衫其三百三
天仗傳呼
鳳輦来綴衣執役愧無才餘年揔是
皇家賜瓊宴還教皓首陪其三百四
握蘭粉署忝鴛行嘉宴新依
黼座光席上老人環衆宿
扶光五色正中央其三百五
司列東曹管補流慙無識會佐

皇猷樂池咫尺瞻
天表雲日當空水鏡秋 其三百六

象戲曾聞賦子山天枰分局隅河關幸逢一統車
書盛邉界烽消士馬閑 其三百七

意匠渲皴粉墨儲棘猴楮葉費居諸九州圖畫歸
王會不用朱離譯象胥 其三百八

橫汾宴鎬史曾誇尚齒
熙朝慶有加自喜問年將數亥散官預宴倍光華 其三百九

象魏昭明荷

聖慈都官亦得捧瓊卮協中不藉寬文網自致清刑簡

訟時其三百十

幸叨微秩列鵷班更得承

恩霄漢間真是化工培養厚龎眉一色服褊襴其三百十一

羽觴稠疊

詔綸溫却憶從軍喜拜恩

聖武睿謨包六合崑崙天柱國西門其三百十二

宮梅香糝玉卮邊民望
南巡又廿年記得孤山停豹尾禁鐘催曉六橋煙其三百十三
帝心仁愛即天心天上薰風入
帝琴一自蓼蕭甘露渥淪肌浹髓
聖恩深其三百十四
秘府曾宣五色麻鳳銜魚網麗桃花臣心敬比豐
年祝瑞麥光牋紀歲華其三百十五
紫塞風清頌止戈

彤庭春讌集鳴珂五更三老今無算鶴髮千人沐太
和其三百十六
洞開閶闔宴屠蘇人瑞先看滿
帝都指點八紘成壽域黄支烏弋揔無殊其三百十七
鷲嶺西頭閬苑東金仙羽客勝因同須知千佛蓮
華座只在
如來一念中其三百十八
人捧挨年綠字牌分庭文几十行排歲星若到朝

元會論齒還居最下階其三百十九

五雲多處九霞觴分秩聯班列雁行既醉願將千叟壽合來齊獻與君王其三百二十

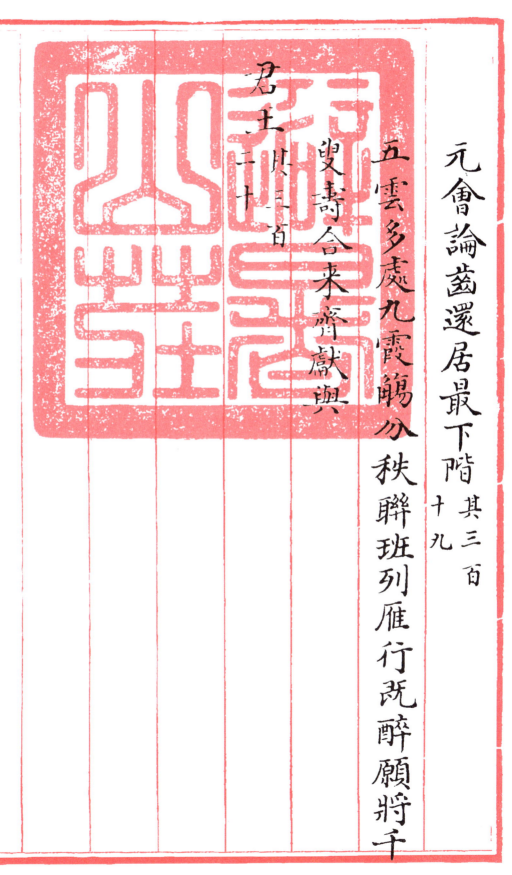

御定千叟宴詩卷四

武英殿纂修編修臣吳廷選

圖書在版編目（CIP）數據

御定千叟宴詩 / (清) 康熙敕編. — 北京：中國書店,
2018.2
ISBN 978-7-5149-1907-3

Ⅰ. ①御… Ⅱ. ①康… Ⅲ. ①古典詩歌 – 詩集 – 中國
– 清代 Ⅳ. ①I222.749

中國版本圖書館CIP數據核字(2017)第321059號

四庫全書・總集類

御定千叟宴詩

作者 清・康熙敕編
出版發行 中國書店
地址 北京市西城區琉璃廠東街一一五號
郵編 一〇〇〇五〇
印刷 山東汶上新華印刷有限公司
開本 730毫米×1130毫米 1/16
印張 24.125
版次 二〇一八年二月第一版第一次印刷
書號 ISBN 978-7-5149-1907-3
定價 八六元